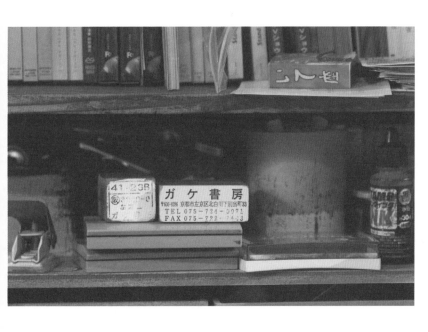

ガ ケ 書 房
〒606-8286 京都市左京区北白川下別当町33
TEL 075-724-5071
FAX 075-722-1433

서
점
의

일
생

서점의 일생

책 파는 일의
기쁨과 슬픔,
즐거움과 괴로움에
관하여

야마시타 겐지 지음

김승복 옮김

일본에도 '책방에 대해 쓴 책'이 많다. 서가 하나가 이런 책으로 가득한 서점도 있다. 책방에 대해 쓴 책 중에는 책방지기들이 자신의 체험을 담은 책이 특히 많다. 이제는 나온 지 오래되어 헌책방에서나 구할 법한 책들도 많을 뿐더러 새롭게 책방지기가 되어 이런 책을 쓰는 이들도 많다. 책방지기의 책은 이미 하나의 장르를 이룬 듯하다.

나는 직업상 책방 관계자가 쓴 책방 책을 읽을 기회가 많다. 어떤 책이든 다 참고가 되지만 야마시타 겐지가 쓴 이 『서점의 일생』을 읽을 때는 마치 그를 잘 아는 듯한 착각에 빠졌다. 그가 책방을 운영하면서 느낀 괴로움과 고통을 아주 생생하게 표현했기 때문이다. 괴로움과 고통은 생생할수록 빠져들기 쉽다. 모름지기 책방 관계자가 쓴 책은 이래야 한다.

책이란 그런 것이기 때문이다. 인생은 슬프고 괴롭고, 게다가 어렵고 불합리한 것투성이다. 도대체 내가 무엇 때문에 살고 있는지 모르는 경우도 많다. 그럼에도 살아가야 하는 것은 왜인가? 동서고금의 글쓴이들이 이 문제에 직면하여 각각의 방법으로 표현해 놓은 것이 책의 세계이다.

책방은 이런 것을 담은 책들을 선반에 늘어놓고 판다. 책을 판 돈으로 하루하루를 살아간다. 책방을 하는 이가 스스로 책을 쓰게 되었을 때 자신이 안고 있는 슬픔과 고통을 제대로 바라보는 것은 책에 죽고 책에 사는 이상, 피할 수 없는 일이기도 하다. 20년 이상 책방 관계자들을 인터뷰해 온 나에게 책방은 참으로 애잔한 공간이다.

아이고, 그렇다면 책방관계자가 쓴 책은 다 어두워야 한단 말인가. 그렇게 따지고 들면 대답이 궁해지지만 일본의 '책방지기가 쓴 책방 책' 중에서 롱 셀러는 거개가 다 그런 책들이다. 1980년에 나온 하야카와 요시오가 쓴 『나는 책방 아저씨』는 그런 책들 중에 단연 스타급이다. 조그만 동네에서 작은 서점을 운영하는 고단함, 한심함, 출판업계에 대한 불만과 분노 그리고 때때로 작은 기쁨을 솔직하고 담백하게 고백한다.

하야카와는 1972년부터 20여 년간 가나가와현에서 하야카와 서점이라는 작은 책방을 운영하였다. 서점을 하기 전에는 쟈크스라는 전설적인 록 밴드를 했었고 서점을 닫은 뒤 지금은 싱어송라이터로 활동하고 있다. 하야카와는 올해로 70세. 가수로도 책방지기로도 여전히 유명하다. 이 책은 어느 책방에도 꽂혀 있을 정도로 책방지기들에게 사랑받는 책이다.

『서점의 일생』에도 저자인 야마시타가 하야카와와 만나는 장면이 나온다. 경영이 어려워 그만둘 시점을 찾고 있던 야마시타는 하야카와가 이미 싱어송라이터로서 현재의 삶을 살고 있음을 깨닫는다. 아마도 하야카와를 만나면서 책방을 닫을 계기를 얻었지 싶다.

『나는 책방 아저씨』의 계보를 이은 '책방 책'은 아주 많다. 그 책들 중에서 『서점의 일생』이 세련된 점은 책방의 애수, 괴로움이 가득하면서도 그런 감정에 짓눌리지 않고 책방으로서 살아남는 부분에 있다.

최근 20여 년 동안 일본도 서점은 점점 줄고 있지만, 한편 그런 전체 상황에 대항하듯 작은 서점을 시작하는 이들이 전국에 속속 나오고 있다. 저자도 가케쇼보라는 책방에서 호호호좌로 새로운 책방을 열어 교토에서 분투하고 있다.

앞으로 서점을 하려는 사람, 서점인으로 사는 사람에게 권할 평생의 한 권으로 나는 야마시타 겐지의 『서점의 일생』을 권한다.

특히 한국의 책방지기들, 책방을 소중히 생각하는 사람들에게 이 책이 어떻게 읽힐지 저자도 아닌 내가 잔뜩 기대하고 있다. 저자의 슬픔과 고통은 물론 그가 먼저 경험한 작은 빛들도 반드시 맛보기를 바란다.

이시바시 다케후미
일본 출판 서점 전문 저널리스트. 『시바타 신의 마지막 수업』, 『서점은 죽지 않는다』, 『책을 직거래로 판다』 등을 썼다.

책방 탐험

어릴 적 저녁 찬거리를 사러 가는 엄마를 따라 그 책방에
들렀다. 집에서 가장 가까운 책방 '고마쇼보'. 교토역 북서
방면 시치조 거리에 위치한 서점이다. 책방 양 끝으로 난
출입구는 진한 갈색 목재 프레임으로 된 멋진 유리문이었
다. 자전거가 지나다니는 책방 앞에는 주간지와 월간지 평
대가 있었다. 평대에 놓여 있다고는 하지만 종류별로 한두
권뿐이다. 나는 아귀가 잘 맞지 않는 유리문을 옆으로 민
다. 어린 내 힘으로 열기는 꽤 묵직하다. 안으로 들어가면
책방 특유의 아늑한 밀폐감이 가득하다. 그 조용한 기압에
지식욕이 뭉글뭉글 피어오른다. 천장은 하염없이 높고 너

비는 끝이 없는 것처럼 넓었다. 그곳에 서책이라는 큰 숲이 분명히 존재했다. 눈앞에 일제히 펼쳐지는 글과 그림과 사진 들. 내가 알지 못하는 세계의 입구가 책장에 가득했다. 어린 시절, 그 미지의 문을 전부 열어 보겠노라고 다짐하던 기억이 선하다.

처음에는 『텔레비전 매거진』이며 『텔레비전 랜드』 같은 어린이를 대상으로 한 방송 잡지를 부모님께서 사 주셨다. 혼자 책방에 드나들면서는 갓켄 출판사의 '비밀 시리즈'며 게이분샤의 '대백과 시리즈'부터 만화, 도감, 연예인이 쓴 책, 아동 청소년 소설, 프로레슬링 책, 책장에 감춰진 외설물 등을 서서(때로는 주저앉아서) 읽는 어린이가 되었다. 학교를 쉬는 날에는 낮부터 고마쇼보에 가서 책장 끝에서부터 차례로 책의 문을 열어젖혔다. 결국에는 고마쇼보 주인장이 앉은 계산대 앞에 주저앉아 이 책, 저 책 읽어 댔다. 가족이나 친구들은 나랑 함께 책방에 가기를 싫어했다. 책방에만 들어가면 나올 줄 몰랐기 때문이다.

지금 생각하면 참 뻔뻔한 꼬마였다. 그런 꼬마가 지금 우리 책방에 오면 나는 뭐라고 할까. 아저씨는 어쩌다 한 번씩 주의를 주는 척했지만 기본적으로 묵인했다. 어차피 주의를 준다고 달라지지 않을 테니까.

해 질 무렵이면 고마쇼보의 검은색 전화기가 울린다. 아저씨는 친숙한 목소리로 "예, 예" 하시면서 내게 "엄마가 어서 돌아오란다"고 전한다.

부모와 책방 주인 공인하에 방과 후 시간을 책방에서 보내는 꼬마. 내가 언제나 이 책방에 있다는 것을 부모님도 아셨다. 그러나 저러나 여기가 도서관인가? 고마쇼보 사장님, 죄송합니다. 그렇지만 아직까지도 미안한 마음은 하나도 없네요.

책방은 입장이 공짜다. 달리 말하면 갤러리나 마찬가지다. (책방 주인이 되고 보니 그게 서러워질 때도 있다. 처지에 따라 이렇게 바뀌다니) 그렇기에 호기심이 왕성한 꼬마가 날마다 드나들었던 것이겠다.

문턱이 낮고 공짜에 자극적인 정보가 넘쳐나는 곳. 이제는 개인 컴퓨터나 스마트폰으로 새로운 정보나 낯선 세계에 접속하는 시대다. 그런 기기로 더욱 멀고 깊은 세상까지 들여다볼 수 있다. 그러나 그곳에는 오감으로 느끼는 체험이 없다.

고마쇼보에 들어가 입구의 육중한 문을 쾅 닫는 순간 느꼈던 눈앞이 갑자기 환해지는 경험. 오래된 형광등의 어두운 조명. 종이와 먼지가 겹겹이 뒤섞인 독특한 냄새. 눈앞에 펼쳐진 압도적인 책의 바다. 둔탁하게 울리는 계산대 소리. 책방주인과 단골이 나누는 이야기들. 책을 책장에 꽂는 소리. 책 페이지를 넘기는 소리.

책을 집중해서 읽고 있으면 주변 모든 소리는 이야기 속의 효과음처럼 작고 멀게 들린다. 책방 안에 있는 많은 사람들 틈에서 나도 조용히 책장을 넘긴다.

저녁 찬거리를 사러 온 김에 책방에 들른 주부, 일하는 시간인데도 책방에 어슬렁대는 회사원, 귀갓길에 바로 집으로 가지 않고 책방에 온 학생. 시간이 많은 노인들. 돈도 애인도 없어 보이는 청년, 다들 사회생활을 하면서 생긴 마음의 빈틈을 채우려 책방에 들른 것 같았다. 책방은 초등학생이 처음 접하는 '세상'이라는 쌉싸래한 존재와의 접점이었는지도 모르겠다.

고마쇼보는 지금도 현역 책방으로 영업 중이다. 어느새 리뉴얼을 해서 두 개였던 입구는 하나가 되었고 목제 유리문도 없어지고 공간도 좁아지고 책도 줄었다. 지금은 복권도 판다. 아저씨는 여전히 건강해 보이신다. 지금 보니 아주 작은 책방이다.

책방의 원초적인 풍경이 있다면 내게는 바로 이 고마쇼보다.

나는 보통 아이들과 조금 달랐다.

유치원 입학식 날. 입학식이 끝나고 교실로 돌아오니 상냥해 보이는 선생님이 "이름을 말할 수 있니?" 하고 아이들에게 자기 이름을 말하게 했다. 생일이 빠른 내가 제일 먼저 대답해야 했다.

그런데 입이 떨어지지 않았다. 부끄럽기도 했지만, 자기소개라는 것이 못마땅했다. 선생님은 나를 재촉했다. 그럴수록 나는 입을 다물어 버렸다. 그때 마음먹었다. 그때부터 나는 집에서는 잘 떠들지만 집 밖에서는 한마디도 하지 않는 아이가 되었다.

유치원 첫날부터 방과 후에 남겨져, 원장선생님까지 와서는 다들 내 목소리를 들으려고 어르고 달랬다. 상황을 파악하고는 소리를 내지 않고 울었다. 그날은 그렇게 집으로 돌아갔다. 다음날도 그 다음날도 말을 하지 않자 나는 모두에게 '말을 하지 않는 아이'가 되었다.

그리고 초등학교에 들어갔다. 초등학교에서도 입을 떼지 않았다. 그쯤 되자 게임이나 마찬가지였다. 남에게 목소리를 들키기라도 하면 중요한 것을 잃어버리고 마는 공상 세계에서 살고 있었다. 밖에서는 나만의 수화나 종이와 벽과 공중에 손가락으로 쓰는 필담으로 모두와 대화를 나누었다. 아이들 이야기 소리가 끊이지 않는 교실에서 선생님은 늘 이렇게 말했다.

"야마시타처럼 조용히 하세요."

학년이 올라갈 때마다 선생님들은 다양한 방법으로 나에게 도전해 왔다. 벌주기, 읍소하기, 화내기, 우격다짐, 교환 노트 등등. 그때마다 나는 아이의 특성을 살린 갖가지 수법으로 회피했다.

어느 공작 시간, 선생님이 내가 그린 인물화를 가리키며 이렇게 말했다.

"이것 보렴. 야마시타가 그린 인물은 모두 입을 벌리

고 있잖니? 사실은 야마시타도 말하고 싶은 거란다."

　나도 내가 말을 하고 싶은지 아닌지 몰랐다. 그렇지만 말하지 않는 생활에 아무런 불편이 없었다. 말도 하지 않는 주제에 수업 중에 선생님이 시키면 칠판 가득 커다란 글씨로 답을 써서 모두를 웃게 만들거나, 내가 쓴 연재소설을 프린트하여 반 전체에 돌리기도 했다. 운동도 제법 잘해서 인기도 있었다.

　집에서는 형과 만화를 자주 그리곤 했다. 내가 줄거리와 대사를 생각하고 형이 그림을 그렸다. 그 당시 접한 여러 책의 영향을 받아 작가 흉내를 냈다. 책방에서 살다시피 하는 사이에 책을 제작하는 세계에 자신을 투영했다.

　학교를 다니면서 나는 '그런 아이'들이 가는 어떤 시설에 다니게 되었다. 다른 지역 초등학교였는데, 방과 후에 심리상담 시간이 있었다. 화요일마다 수업이 끝나면 엄마와 버스를 타고 갔다. 거기서 무엇을 하냐고? 심리상담 선생님과 교실에서 1시간 반 정도 장난감을 갖고 놀 뿐이다. 그 프로그램에는 항상 서너 명의 아이들이 왔다. 모두 한마디도 하지 않고 각자 논다. 그동안 엄마는 다른 곳에서 선생님에게 조언을 듣는다. 그런 일이 초등학교 저학년 때부터 계속됐다. 돌아가는 길, 엄마가 "○○는 저번에 말을 했대"라고 나를 꼬드긴다. 그냥 무시한다.

　반 아이들은 한마디도 하지 않는 나를 말을 못하는 애라고 착각해 상냥하게 대하거나 몰래 나에게만 비밀을 털어놓기도 했다. 하지만 딱 한 번, 모두에게 목소리를 들려준 적이 있다.

　수업 참관일에 가족 이야기를 쓴 작문을 발표하는 숙제가 있었다. 선생님은 그때 나에게는 원고지뿐만 아니라 카세트 리코더를 건넸다. 학교에서 낭독하기가 힘들면 집에서 카세트에 녹음해서 모두에게 들려달라고 했다. 드디어 복면 레슬러가 본모습을 드러낼 때가 왔나 보다. 한참을 고민 끝에 가족들의 설득으로 내키지 않은 척 녹음했다. 이상한 목소리다. 도저히 안 되겠다. 다음날 아침 부모님께 등 떠밀려 카세트 리코더를 짊어지고 등교했다. 모두가 그게 뭐냐고 묻는다. 나는 히죽히죽 웃기만 한다. 수업이 시작되었다. 내 순서가 오고 나는 교단에 카세트 리코더를 올려놓는다. 반 전체가 조용해졌다. 원고용지를 두 손으로 펼쳐 얼굴을 가리고 낭독하는 자세를 잡았다. 그리고 재생 버튼을 눌렀다. 목소리가 교실 전체에 울려 퍼졌다. 그동안 나는 반 아이들과 참관하러 온 부모님들의 따가운 시선을 원고지 너머로 강렬하게 느꼈다. 마치 벌거벗은 채 모두의

앞에 서 있는 심정이었다. 수업이 끝나고 반 아이들이 일제히 내 자리로 몰려들었다. 드디어 들었네! 정체를 알았다는 양 기뻐하며 놀리는 아이, 내 목소리가 아닐 거라며 반신반의하는 아이, 내가 부끄러워서 우는 건 아닌지 살피는 아이. 나는 얼굴을 붉히며 히죽거리기만 했다.

초등학교 고학년이 되자 중학교에서는 이런 게 더는 통하지 않을 거라고 생각했다. 그래서 중학교는 다른 지역 사립중학교에 들어가려고 했다. 실제로 시험을 치렀지만 실력이 부족했다. 게다가 면접 때 뒤에 아는 애가 있는 바람에 목소리를 낼 기회를 놓치고 말았다. 결국 어쩔 수 없이 집 근처 공립중학교로 진학했다. 그때 나는 결심했다. 초등학교 졸업식 때야말로 입을 열어 게임을 끝내기로.

졸업식 날. 교장 선생님이 졸업생 이름을 한 사람 한 사람 부른다. 모두 한결같이 큰 목소리로 대답한다. 드디어 내 차례다. "야마시타 겐지." "넷." 대답했다. 비로소 해금이다. 내 의지로 복면을 벗어 버렸다. 오늘로 9년간의 벙어리 게임도 끝이다. 나는 자랑스럽게 단상에 올랐다. 교장선생님도 문제아인 나를 알았다. 졸업장을 두 손으로 받아들려는 순간 교장선생님이 마이크 옆으로 얼굴을 젖히며 나에게 살짝 말했다. "마지막까지 말을 안 하다니." 대답했다고 생각했는데 아니었나 보다. 긴장도 했을 뿐더러 오랜 시간 마음에 채운 자물쇠 때문에 목소리가 소리가 되어 나오지 못했던 것이다. 나는 복잡한 기분으로 계단을 내려왔다.

중학교 입학식 후, 나는 마치 딴사람처럼 수다쟁이가 되었다. 초등학교 시절 나를 아는 친구들은 입을 벌린 채 어이없어했다. "야마시타, 제발 조용히 좀 해!" 그 후로는 선생님께 이런 꾸지람을 자주 들었다.

언제부터인지 기억은 나지 않지만 어릴 적부터 고등학교를 졸업하면 집을 나가리라 생각했다. 대학 근처에서 자취할 작정이었다. 하지만 성적이 형편없었다. 학교는 날마다 빠지지 않고 갔지만, 수업 중에는 자거나 뒷자리 녀석들과 떠들거나 편지를 날렸다.

　　나는 열등반이었다. 선생님도 우리 반을 포기했는지 칠판 앞에서 혼잣말처럼 낮은 목소리로 수업을 했다. 수학은 3년 동안 노트에 3줄 필기해 놓은 게 전부다. 그런 고등학생이 대학에 합격할 리가 없고, 진급이며 졸업조차 추가시험을 쳐야 했다. 그마저도 덤으로 얻어걸렸을 정도다. 내신 성적은 전설적인 수치였다. 대학교 시험은 쳤지만 당연히 모두 떨어졌다. 어떤 대학 시험 날에는 전철을 잘못 타 제시간에 도착하지 못할 것을 깨달은 순간, 전철에서 내려 처음 간 중고 음반가게로 들어가 앨범을 사 들고 그대로 돌아와 버린 적도 있다. 엄마는 울면서 화를 냈다.

대학에 떨어진 이상 집을 나갈 이유나 구실이 사라졌다. 나는 강행돌파를 결심했다.

고등학교 3학년 3학기★에 속옷가게에서 아르바이트해서 모은 돈으로 사전 준비에 착수했다. 가져갈 짐은 되도록 가볍게 꾸리고 날짜는 입시학원 입학일. '진취적인 음악'만을 편집한 120분짜리 테이프를 5개 정도 만들어 가출용 작은 가방에 넣었다. 가져갈 것은 갈아입을 상하의 한 벌과 펜, 노트와 워크맨뿐.

행선지는 우선 오사카를 염두에 두었다. 가장 친한 친구가 오사카에서 자취하며 학교를 다녔다. 누구든 내가 그 친구 신세를 지리라 예측하기는 어렵지 않았다. 그러면 부모님께도 금방 들킬 것이다. 기왕이면 가 본 적이 없는 지역이 좋겠다. 시골 말고 도시여야 일자리가 있겠지? 도쿄 방면이 좋겠다는 생각이 퍼뜩 들었다.

결행 전날 밤, 평소와 다름없이 텔레비전 오락 방송

을 보며 마음속으로 혼자 감상적인 기분에 둘러싸였다. 이 집과도 이제 이별이네, 가족과 다음에 만날 날은 언제쯤일까? 잠들기 전에 책상에 앉아 메모를 남겼다.

잠시 다녀오겠습니다. 언젠가 꼭 돌아올 테니 부디 걱정 마세요.

이튿날 아침 신칸선을 탔다. 처음으로 혼자 타는 신칸선이다. 무언가에 홀린 것 같았다. 의식과는 별도로 몸이 마음대로 움직였다. 앞좌석 그물망에 누군가 놓고 간 닛케이 신문. 내용은 이해할 수 없었지만 신문을 펼쳐 들고 평정심을 되찾으려 했다. 창밖 풍경이 점점 낯선 거리로 바뀌어 가는 감각. 정말 이대로 괜찮은가? 지금이라면 아무 일도 없던 것처럼 돌아갈 수 있다는 속삭임이 뭉게뭉게 피어오른다. 그럴 때마다 돌아가선 안 된다고 다짐했다. 행선지는 요코하마다. 도쿄는 사람들이 일하기 위해서만 존재하는 텔레비전 속 도시로, 거기에는 집이 없고 사무실밖에 존재하지 않는다고 믿었다.

신요코하마에 도착해 고향에 돌아온 것처럼 천연덕스러운 얼굴로 플랫폼에 내렸다. 긴장과 흥분으로 가슴이

벅차서였을까? 그날 계획을 짜기 위해 들어간 역 건물 찻집에서 계산을 하지 않고 나와 버렸다. 점원이 서슬이 퍼래서 쫓아왔다. 나는 서둘러 돈을 건네며 사과했다.

지하에 있는 서점에 갔다. 먼저 잠잘 곳과 일할 장소를 확보해야 한다. 아직 버블 시대 끝 무렵이라 구인광고지 『FromA』가 주 2회 발매되었는데 전화번호부만큼 두꺼웠다. 펼쳐 보니 '즉시 입실 가능'이라는 글자가 눈에 띄었다. 입주 경비원 모집 광고다. 곧바로 공중전화를 찾아 전화 카드를 집어넣었다. 면접을 볼 테니 내일 11시에 가와사키에 있는 사무실로 오라고 한다.

이제 살 곳과 직장을 구했다고 안도했지만 당장 그날 묵을 곳이 문제였다. 나사가 풀린 나는 여자를 꼬드겨서 밤을 보내려고 마음먹었다. 길에서 모르는 여자에게 말을 걸어 본 적은 한 번도 없었다. 그래서 해 보고 싶었다. 지하철 광장에서 퇴근하는 여자에게 말을 건넨다. 여자들은 표정하나 변하지 않고 지나쳐 간다. 배가 고파서 라면 가게에 갔다. 카운터에 여자가 앉아 있다. 동행은 없는 것 같다. 살짝 옆자리에 앉는다. 여자는 담배에 불을 붙였다. 나는 조금 전 난생처음 산 담배를 꺼냈다. "저기요, 불 좀 빌려 주시겠어요?" 100엔짜리 라이터를 받아들고 담배에 불을 붙인다. 아무리 붙이려 해도 붙지 않는다. "어, 왜 안 붙지. 축축한가?" 담배를 의심한다. 그녀도 조금 흥미를 보였다. 그러더니 충고했다. "담배 방향이 거꾸로예요." 전혀 몰랐다. 나는 일부러 그런 듯이 애써 얼버무리며 그녀를 꼬드겼다. 그러자 그녀는 카운터 안쪽 점원에게 이렇게 말했다.

"오빠, 꼬드기는데 어떻게 할까?"

나는 연속극처럼 거짓 웃음을 지으며 어색함이 가득한 가게를 도망치듯 빠져나왔다.

어느새 어둑해졌다. 워크맨을 들으면서 요코하마역 주변을 정처 없이 걷는다. 화려한 간판이 늘어선 사창가. 호객하는 아저씨가 말을 건넨다. 지금쯤 여느 때처럼 그 방송이 나오고 있겠지, 집에서 지내던 어제까지의 기억이 휘몰아친다. 쓰레기장에서 깡패에게 두들겨 맞는 직장인을 보았다. 도시의 세례 같은 풍경이다. 나도 모르게 워크맨의 이어폰을 귀에서 뺐더니 도시의 소리에 정신이 들어, 간신히 평정심을 되찾았다. 그대로 걷다 보니 어느새 도로 역이다. 막차 시간도 지났다. 지하철로 내려가는 계단에 많은 부랑자들이 골판지를 깔고 어깨를 기댄 채 잠들어 있다. 나도 그 테두리 끝으로 들어갔다. 아직 이른 봄의 추위에 한숨도 자지 못했다. 나는 밤하늘을 밤새 노려보았다.

오전 5시, 전철이 움직이자마자 가와사키로 향했다. 번화가 한가운데에 있는 상가 계단을 오른다. 이력서는 거짓 없이 썼다. 하지만 입실을 희망한다는 것과 내가 가진 짐 때문에 가출 사실을 금방 들켰다. 그래도 회사는 나를 고용했다. 혈액 검사와 간단한 강습을 마치고 개시 잔액 100엔으로 은행 계좌를 만들라고 했다. 공교롭게도 지금 기숙사에는 빈방이 없다고 한다. 사장은 잠깐 생각하더니 사무실이 입주해 있는 건물 위에 방이 비어 있으니 우선 거기에서 지내라고 했다. 당시 집세가 17만 엔 하던 방이었다. 더블베드, 냉난방 완비, 텔레비전, 냉장고, 세탁기, 욕실 포함. 그

방을 월급에서 8만 엔을 제하고 빌리기로 했다. 공과금은 회사가 낸다. 눈앞이 희망으로 가득 찼다. 방 창문을 여니 아래에는 시끌벅적한 술집이 즐비했다.

이튿날부터 곧바로 현장에 보내졌다. 공사 현장에서 트럭의 출입을 유도하는 일이다. 나는 차를 몰아 본 적도 없을 뿐더러 출입 유도원의 기초도 되어 있지 않은 10대였 다. 차를 어떻게 유도한단 말인가. 어느 현장에서는 트럭을 유도하다가 수도관이 터졌다. 현장 상사는 모르는 척하라 고 지시했다. 지금 생각하면 파견업 같은 것이었는데, 다양 한 사람들이 모여 있었다. 자신이 야마세 마미★의 애인이 라고 주장하는 간들간들한 남자, 주차요원직 개근상이 평 생의 자랑거리인 아저씨, 양키(불량 청소년) 출신 건설 작업원 2인조, 동북 사투리를 심하게 쓰는 손이 시멘트처럼 딱딱 한 노인, 사연 많아 보이는 또래 여자 등. 거기에는 사람 수 만큼의 이야기가 있었다.

그러던 어느 날 나는 어떤 남자와 함께 지내게 되었다. 27살에 자위대 출신 남자였다. 얼굴도 몸도 만화 근육맨을 닮았다. 그는 효고현 니시미야시에서 집을 나왔다고 한다. 나이에 비해 행동이 조금 굼떴지만, 아무래도 같은 처지 같 다. 남자는 이사하는 날 많은 의상 케이스를 방으로 가져

★1980년대 아이돌. 지금은 주로 사회자로 활동.

왔다. 자신의 보물이라고 한다. 내용물은 대량의 성인 비디오.

스포츠머리, 하얀 탱크탑, 얇은 청바지, 하얀 스니커. 그의 평상시 스타일이었다. 나르시스트로 마음이 여린 그는 어떻게 하면 여자가 말을 걸어 줄지를 항상 고민했다.

어느 휴일 "야마시타, 같이 쇼난에 가자"고 했다. 그는 어깨에 카세트를 얹었다. 전철을 타고 젊은이들로 붐비는 역에서 우리도 내렸다. 해안가 인도를 걷는다. 사람이 가장 많이 지나다니는 곳에 도착하자 그는 카세트를 바닥에 놓았다. 바다를 향해 무릎을 세우고 앉아 카세트 스위치를 누른다. 사잔 올 스타즈의 「한여름의 과일」이 큰 소리로 흘러나왔다. 그는 험상궂은 얼굴을 하고 바다를 바라본다. 곡이 끝났다. 곧바로 이어 나온 다음 곡은 또다시 「한여름의 과일」. 처음에는 옆에 앉아 있다가 점점 이상한 느낌이 들어 천천히 뒷걸음쳤다. 그리고 멀리서 그 행위가 끝나기를 관찰했다. 해 질 녘 그는 완전히 기분이 상기되어 요코하마 아카렌가 창고★★ 앞에서 야자와 나가요시로 변신했다. 그는 손가락으로 딱딱 소리를 내며 나가요시의 노래를 크게 불렀다. 나는 그와 함께 쓰던 방을 나오기로 마음먹었다.

★★붉은 벽돌로 지어진 요코하마항의 상징적인 건물. 복합 쇼핑몰.

나는 불안에 짓눌릴 것 같으면 암시를 걸듯이 눈앞의 해야 할 일에 몰두했다. 아침 근무일 때는 새벽에 방을 나선다. 역으로 가는 상점가에는 많은 노숙자가 아침 햇볕을 쬐며 길가에서 잔다. 냄새가 지독해서 나는 항상 도로 가운데를 응시한 채 가방을 메고 역까지 걸었다. 점심은 대개 패스트푸드다. 옆자리에서 즐거운 듯 장난치는 같은 또래 대학생 남녀 그룹에게 이유 모를 감정을 느꼈다.

'아아, 나는 대학에 가지 못했지.'

밤이면 아래층 술집에서 온갖 소동이 벌어졌다. 창가에서 싸우는 술 취한 사람들을 자주 보았다. 현관에서 무슨 소리가 들리는가 싶어 문을 열었다가 우리 집 문을 향해 소변을 보던 술주정꾼이 쏜살같이 달아난 적도 있었다. 떠들썩한 환경이었다.

어느 고급 주택가 현장의 날. 트럭은 어쩌다 한 대씩 지나갔다. 선 채로 지루함과 싸운다. 얼굴은 조금씩 탄다. 저녁때가 되어 학생들이 귀가하기 시작한다. 이 집 저 집에서 "다녀왔습니다!", "어서 오렴" 하는 소리가 들린다. 바로 몇 개월 전 일상이 선명하게 되살아난다. 나는 지금 이런 낯선 주택가에서 무엇을 하고 있는 걸까. 그러자 부모님 생각이 견딜 수 없이 사무쳤다.

야근하는 날. 현장에 어쩌다 일찍 도착했기에 근처 책방에 들어갔다. 이즈미 아사토★의 문고판을 샀다. 도쿄를 배우고 싶었는지도 모른다. 심야의 근무지는 장소에 따라서는 밤새 거의 아무것도 지나가지 않는다. 가로등이 없는 경우도 있는데 그럴 때는 칠흑 같은 어둠 속에서 날이 밝을 때까지 같은 장소에 버티고 있는 게 다였다.

그날 현장은 아파트 근처에 있었는데 다행히도 전봇대 가로등이 있었다. 아무도 없는 것을 확인하고 전봇대에 기대어, 늘 유도원 유니폼을 넣어 가지고 다니는 가방에서 책을 꺼내 읽었다. 나는 밤새 어두운 등불 밑에서 문고를 읽었다. 독서에 집중하고 있으니 하얗고 부들부들한 털을 가진 길고양이 한 마리가 조용히 나에게 왔다. 고양이는 내 발밑에 달라붙어 기분 좋은 듯 그대로 발 사이에서 잠들어 버렸다. 신문 배달원의 오토바이 소리에 정신을 차려 보니 어느덧 날이 밝았다.

★소설가, 에세이스트. 젊은이들의 문화, 도쿄 풍속도 등을 다룸.

공사장 주차 유도원으로 일하기 시작하여 어느 정도 지났을 때 현장감독과 함께 컨테이너 간이 숙소에서 일주일 묵다시피 하며 근무한 적이 있다. 며칠 후 감독에게 집을 찾고 있다고 상담했다. 그러자 감독이 사는 요코하마시 세야구의 다세대 주택에 살던 사람이 야반도주해서 방치된 방이 있다고 했다. 괜찮으면 집 주인과 교섭해 보겠다고 해서 나는 당장 부탁했다. 하지만 한 가지 조건이 있었다. 부모님께 연락할 것. 부모님께는 정식으로 살 곳이 마련되면 연락하려고 했다. 그러면 돌아오라고 하지 않을 것 같아서다. 나는 몇 달 만에 집에 전화를 했다.

전화벨이 울리는 사이, 전화 너머 가족들이 울면 어쩌지, 화를 퍼부으면 어쩌지 상상하며 심장이 방망이질 쳤다. 처음에 할머니가 받았다. 무척 걱정이 많은 분이다. "여보세요, 겐지예요." 일부러 자연스럽게 말했다. 그러자 "어, 겐지구나" 하고 할머니도 평상시처럼 대답했다. 그러고는 "그래, 잠깐 기다려. 엄마 바꿔 줄게" 하고 엄마를 바꿨다. 그 뒤에 아버지와도 아무렇지 않게 통화한 후 조만간 집으로 돌아가겠다고 하고 전화를 끊었다. 맥이 빠졌다. 내가 갑자기 없어졌는데도 아무렇지도 않나 보네! 조금 서글퍼졌다. 그런데 사실은 가족들의 일생일대 명연기였다. 나중에 들은 이야기인데, 전화를 끊고 나서 가족 모두가 펑펑 울었다고 한다. 너무 호들갑스럽게 대응하면 내가 돌아오기 힘들까 봐, 전화가 올 때를 대비해 되도록 아무렇지 않은 듯 대하도록 미리 약속해 놓았던 모양이다.

내가 없어진 날부터 부모님은 시간을 쪼개 오사카의 내 친구 자취집이며 교토를 구석구석 찾아다녔다고 한다. 경찰에 신고하기 직전이었다. 나는 죄송한 마음에 몸 둘 바를 몰랐다. 하지만 지금까지 조바심 내면서 다져 온 길을 없던 일로 하기에는 너무 늦었다. 나는 교토의 가족들에게 지금까지의 일을 이야기하고 정식으로 방을 계약했다.

월세 18,150엔에 욕실은 없고 재래식 변소에 작은 방 두 칸, 부엌이 딸린 집이었다. 어중간한 150엔은 재래식 변소 오물 수거 요금이다. 야반도주했다는 방에는 살림살이가 그대로 남아 있었다. 텔레비전, 냉장고, 장롱, 청소기, 세탁기, 고타쓰 등등. 이불과 냉장고만 새로 사고 나머지는 그대로 닦아서 사용했다.

버블 시대가 끝난 지 얼마 되지 않을 때였는데 1970년 대의 어수선한 궁핍 드라마를 동경하던 나는 낫토만 먹는 생활을 만끽했다. 두 홉의 쌀로 밥을 지어 세 끼 모두 낫토를 얹은 식사. 당시 현에서 지정해 저렴하게 팔던 표준미를 먹었다. 달걀이나 고기, 생선을 구워 먹는 날도 있었지만, 기본 반찬은 오직 낫토뿐인 식생활이었다. 그래서 돈은 점점 모이고 체중은 점점 줄었다.

방에는 텔레비전, 비디오, CD라디오 카세트, 책장, 음반장, 카세트 선반, 기타, 하드와 소프트가 손닿는 위치에 자리했다. 나만의 작은 성을 구축한 것이 만족스러웠다. 복고풍 느낌에 젖어 보려고 다이얼식 까만 전화기를 개설했다. 욕실은 뒤쪽 민가에서 신세를 졌다. 집을 소개해 준 현장감독의 어머니 댁이었는데 노모가 혼자 사는 터라 밤 10시가 넘으면 이용할 수 없었다. 세탁기는 물론 반자동식.

빨래를 해서 집 뒤편 공터에 말렸다. 쉬는 날은 거의 책방과 음반가게, 대여점을 어슬렁거리며 내키는 대로 사거나 빌렸다. 처음 마련한 이 집이 철거되지만 않았다면 지금도 거기에 살고 있지 않을까. 너무나 지내기 편해서 이사할 생각 따위 추호도 없었으니까.

그즈음에는 주오린칸에 있는 하청공장에서 아르바이트를 했다. 시급이 좋기도 했지만, 누구와도 부딪히지 않고 한마디도 하지 않는 생활이 편했다. 점심시간에는 항상 워크맨을 낀 채 6층 건물 공장 뒤쪽 비상계단 층계참에서 특별히 하는 일 없이 보냈다.

혼자 사는 게 몸에 배어서 아르바이트 중심으로 생계를 유지하는 사이 내가 무엇을 하려고 집을 나왔는지도 모르게 되었다.

이대로 생경한 도시의 하청공장에서 일하며 나이를 먹어 갈 생각을 하니 울적해졌다. 젊은 나에게는 그곳에서 일하는 인생 선배들이 인생을 포기한 것처럼 비쳤고, 정체 모를 막막함 속에서 매일을 보냈다.

어느 날, 구인지를 보니 '도내 라이브하우스 부킹'이라는 모집 광고가 있었다. 어렵게 상경했는데 한번 해 보자 싶어 시부야에 있는 사무실을 찾았다. 그곳은 아마추어 밴드에게 출연료를 받아 자체 이벤트를 기획하는 회사로 우리 같은 말단 아르바이트는 가마우지 고기잡이의 가마우지 같은 존재였다. 업계 관계자가 된 것 같은 기대감을 불어 넣으며 주변 아마추어 밴드에게 막무가내로 출연을 권유하는 역할. 우리에게 시급은 없다. 수당은 있지만 성과제 같은 시스템도 없었다. 매주 화요일에 미팅이 있어서 내 돈으로 교통비를 들여 졸면서 시부야를 오갔다. 음악 잡지에 실린 밴드 멤버 모집 전화번호를 보고 여기저기 전화를 돌려댔다. 그냥 마구잡이 영업사원이었다.

결국 나는 딱 한 번 이벤트를 주관했다. 그것도 아는 이에게 억지로 나오게 했다. 그런데 그곳에서 발행하던 이벤트 스케줄 잡지 표지 일러스트를 매번 내가 그렸다. 특별히 그림을 잘 그리는 것도 아닌데 어찌어찌 분위기상 그렇게 되었다. 물론 보수도 없었다. 치졸한 일러스트를 다달이 그려 내던 나는 성인식도 지나친 채 스물한 살이 되었다.

헌 책 손 님

요코하마에 와서 처음 한 아르바이트는 서점원이었다. 소
테쓰선 미쓰쿄라는 역 안에 있는 서점. 아침에 배달된 짐
분류, 카운터, 책장 정리. 이 세 가지가 나의 일이었다. 초여
름이어서 아직 에어컨을 틀지 않은 오픈 전 분류 작업 때는
매번 바닥에 땀이 뚝뚝 떨어졌다. 그래도 기본적으로는 편
하게 일했다. 매출을 신경 쓰지 않아도 되었고, 단순히 시
키는 일만 하는 책임감 없고 태평한 프리터였다.

　　점장이 시키는 일만을 한다. 시키는 일 말고는 하지 않
는다. 아니, 알아서 해야 한다는 생각이 아예 없었다. 일이
라는 것이 뭔지 아직 아무것도 모르던 나이였다. 그곳에 있

다가 시간이 흐르기를 기다리면 돈을 받는다는 수동적 감각. 게다가 건방지기까지 했다. 점장은 힘들었을 것이다. 반년 만에 나는 적당한 이유를 대며 그만두었다. 그 후에는 1년 정도 일하고 직업을 바꾸는 패턴으로 아르바이트 경험만 쓸데없이 늘려 갔다.

당시에 나는 파마를 했다. 머리 윗부분은 뽀글뽀글 부풀리고 옆머리는 볼륨을 죽인다. 귀밑은 될 수 있는 한 길렀다. 하지만 숱이 많지 않은 나의 귀밑머리는 귀 앞쪽 털이 긴 느낌에 그쳤다. 나는 『프리윌링』 시절 밥 딜런 스타일이라고 생각했지만 주변 사람들은 하야시야 페★라고 불렀다.

그즈음은 집 근처에 있던 어두운 분위기의 헌책방과 역 앞에 걸맞은 종류를 갖춘 일반 서점에 거의 날마다 어슬렁어슬렁 들르곤 했다. 하지만 나는 변함없이 서서 읽는 처지로 데라야마 슈조나 찰스 부코스키, 『Studio Voice』 같은 책을 서점 안에서 열독했다. 책을 사서 돌아가는 일은 없었다. 돈이 없다는 이유가 가장 컸다.

돈은 주로 앨범을 사는 데 썼다. 음반대여점에서 1960년대 팝의 일본풍 커버집을 빌리거나 신문광고 통신 판매에서 미소라 히바리 음반 세트나 무드 가요 음반 세트를 사

★뽀글 머리가 트레이드마크인 일본의 만담가.

거나, 잘 알려지지 않은 숨은 재즈 명곡집을 충동구매하며 맥락도 없이 마구잡이로 음악을 들었다.

아르바이트 시간 이외에는 항상 워크맨을 들었다. 라디오 기능이 있는 워크맨이었다. 테이프를 듣다가 질리면 FM라디오에서 새로운 음악을 찾아 듣곤 했다. 들고 다니는 가방 속은 항상 테이프로 가득했다.

왜 그렇게 음악을 들었을까? 마음을 닫은 탓도 있고, 현실도피를 원했을 것이다. 젊은 나에게는 현실도피의 도구로 책보다 음악이 쉬운 길이었을 게다.

가끔 라이브하우스에도 갔다. 니시오기쿠보에 아케타라는 작은 라이브하우스에 누구를 보러 가는 것도 아니면서 불쑥 들어가 맘에 드는 뮤지션이 직접 만든 테이프를 사서 돌아오곤 했다. 같은 가수의 라이브에 몇 번인가 얼굴을 내밀다가 손님도 적고 무대와 거리도 너무 가깝다 보니, 본의 아니게 안면을 트고 오코노미야키를 함께 먹은 적도 있다.

그 무렵에는 한 마디도 하지 않고 보내는 날이 허다했다. 그렇게 하루하루를 보냈지만 전혀 외롭지 않았다. 담담하게 자유를 구가했다. 내가 무엇을 하고 싶은지, 어떻게 하면 좋을지를 파악하지 못한 것도 사실이었다. 쉬는 날이면 홀로 거리를 나서 걷다가 피곤하면 집에 돌아온다. 도심이 바로 옆에 있는데도 먼 존재였다. 신주쿠, 시부야, 시모키타자와, 하라주쿠 같은 곳에는 손가락으로 꼽을 만큼밖에 놀러 가지 않았다. 나한테 그런 곳은 피곤한 동네일뿐이다. 아사쿠사, 진보초, 우에노를 자주 돌아다녔다. 젊은이들만 들끓지 않는 거리가 좋았다. 그런 거리를 워크맨을 들으면서 걸었다.

젊음이라는 유예 속에서 마음 둘 곳도 미래도 아무것도 보이지 않았다.

1992년 하반기에 택배 분류 작업 아르바이트를 했다. 거기서 건방진 동갑내기 밴드맨을 알게 되었다. 자기 밴드가 있었는데 롤링 스톤스의 노래를 불렀다. 그는 무사시노 미술대학 통신교육학부에 적을 두고 있었다. 대학에 가지 못한 나는 캠퍼스 라이프에 끌렸다. 통신교육학부는 입학시험 없이 입학금만 내면 들어갈 수 있다고 했다. 재학생이 쉬는 여름방학이나 겨울방학에는 대학 내에서 수업도 들을 수 있단다. 이야기가 통하는 친구가 필요했던 나는 거기 가면 친구가 생길지도 모른다는 생각에 곧바로 서류를 보냈다.

　스물한 살의 나는 통신교육학부 디자인과 편집계획

코스에 등록했다. 기다리고 기다리던 여름방학. 교실에 들어가니 다양한 나이와 성별의 사람들이 모여 있었다. 주부, 배우기 좋아하는 30대 여성, 성실해 보이는 나이 든 남성, 세미프로 카메라맨 등. 얼핏 보니 교실 구석 바닥에 주저앉아 우울한 표정을 짓고 있는 남자가 있다. 이튿날 짧은 소매 기모노를 입고 온 그를 보고 특이한 남자라고 생각했다. 미시마 히로유키였다.

어딘지 모르게 생김새와 행동력에서 '이 녀석이라면 통할지도 모른다' 싶어 그를 눈여겨보았다. 그 당시 나는 함께 새로운 가치관을 창출해 낼 멤버를 찾고 있었다. '통한다'라는 것은 그 시대 최신 유행을 추종하지 않고 보편적인 자기만의 감각을 가진 사람을 뜻한다. 거기에 내 바람을 더하자면 임팩트와 유머를 겸비해야 했다.

어느 날 교정에서 친구를 기다리고 있는데 미시마가 다가왔다. 들어보니 그도 같은 남자애를 기다리고 있다고 한다. 그 어색한 시간, 나와 미시마는 처음으로 대화다운 대화를 나누었다. 미시마는 에너지가 넘치는지 공중제비를 돌기도 하며 수선스럽게 이야기했다. 우리는 스물한 살 나름의 지금까지 자신의 전성기에 대한 이야기를 교정 잔디밭 위에서 쏟아 냈다.

또래라는 점이 가장 마음에 들었다. 그래서 뭔가 함께 해 보자는 이야기에 이르렀다. 미시마도 나도 음악을 무척 좋아했는데 밴드를 하자는 쪽으로는 발전하지 않았다. 둘 다 괴짜라 서로 견제했던 탓일까. 우리는 종이를 사용한 매체로 무언가 해보자는 결론에 다다랐다. 무얼 하지? 요새는 읽고 싶은 잡지도 없는데. 그래, 잡지를 만들자. 잡지다, 잡지!

그렇지만 우리는 잡지를 어떻게 만들고, 무엇을 잡지라 하는지 아직 제대로 알지 못했다.

당시 SLR카메라를 산 지 얼마 되지 않았던 나는 툭하면 거리 사진을 찍어 댔다. 아무런 기술도 없는 젊은이가 선택하기 쉬운 안이한 표현 수단이었다. 거리에서 되는 대로 셔터를 눌러 대다 아저씨들에게 혼나기 일쑤였다. 항상 결정적인 순간을 놓칠 때마다 내 눈이 그냥 셔터라면 얼마나 좋은 사진이 찍힐까 안타까워했다.

그런 시간을 보내던 차에 사진이 주체인 잡지를 만들기로 했다. 레이아웃 방법도 입고하는 법도 아무것도 몰랐다. 하얀 종이에 현상한 사진을 직접 붙인다. 거기에 트레이싱 페이퍼를 대고 손으로 글자 원고를 직접 붙인다. 마지막에 완전한 모형책을 만들어 전화부에 실린 가장 저렴할 것 같은 인쇄소에 전화를 걸었다. 지금 생각하면 잡지라는 건 이름뿐이고 두 사람이 찍은 사진집이었다. 양면 표지로 각 방면에서 각자의 사진 세계가 시작되어 한가운데에서 나뉘는 구성이었다. 쪽수도 절반씩이고 제작비도 반씩 부담했다.

잡지 이름은 어떻게 할까. 맨 처음 퇴짜 맞은 것은 영어 표기였다. 1990년대 주류를 이루던 인디 문화를 추종하는 것은 촌티 나고 새롭지 않은 선택 같았다. 그러면 일본 어로 한다 치고…… 한자? 딱딱해. 관공서 잡지 같아. 히라가 나? 그건 너무 나간 것 같다. 가타카나가 좋겠다. 일본인이 멋대로 만든 표기법. 그런 돌연변이 같은 뉘앙스의 언어가 좋았다. 그중에서도 있을 법한 말. 외국에서는 전혀 통하지 않는 제멋대로인 말이 좋다. 여러 제목안이 나왔지만 장음을 쓴 조어造語가 좋아 보였다. 발음과 글자 느낌을 고려한 결과 잡지명은 『하이킨』ハイキーン으로 정했다. 왜 그렇게 되었는지는 당사자인 우리도 설명할 수 없다. 다만 당시 멋짐과 촌스러움의 아슬아슬한 경계선을 추구한 결과였다. 『하이킨』의 로고는 왕년의 영웅 로봇(마징가 제트 등)의 타이틀 로고를 모티프로 미시마가 손 글씨로 만들었다.

다음으로 생각해야 할 것은 팀명이었다. 이것도 같은

第1号

『하이킨』창간호. 1994년 12월 발매. 정가 500엔. 촬영 장소는 지금은 없어진 긴테쓰 백화점 옥상.

노선으로 갈 방침이었는데 '쇼보'書房라는 말을 붙이고 싶었다. 출판사 놀이가 하고 싶었는지도 모른다. 여러 쇼보가 거론되었는데 '가케쇼보'라는 말이 나오자 서로 "그래 이거야!"라고 큰소리로 외쳤다. 우리는 게릴라 집단을 결성한 것처럼 의기양양해졌다.

야마시타의 표지는 백화점 옥상에서 키가 큰(185센티미터) 고등학교 친구를 전동식 인형에 앉혀 찍은 정면 사진. 미시마의 표지는 휘발유를 입에 머금은 그가 진짜 불길을 내뿜는 사진. 창간호 부수는 200부. 이 책을 전국에 팔아 생활비로 충당하는 꿈을 꿨다. 인터넷이 없던 시절의 어설프고 무모한 꿈. 미시마는 나의 야심에 놀라워했다.

좆ㅜㅎ ㅂ비
쵀ㅇ눼 뵤뀨뀨

『하이킨』 창간호가 인쇄되어 좁은 하숙집에 도착한 날, 우리는 기뻤지만 동시에 불안했다. 이렇게 많은 재고를 과연 다 팔 수 있을까? 어디에서 어떻게 판매해야 할까? 1990년대 초반 자비출판물의 판로가 어느 정도 자리 잡고는 있었지만, 우리는 판매의 판 자도 몰랐다.

　어느 날 미시마는 어딘가에서 모사쿠샤라는 가게를 찾아냈다. 모사쿠샤는 나도 한 번 가 봤다. 신주쿠 2번가에 있는 가게로 정치적 삐라 잡지나 전위 음악 앨범 등을 판매하는 곳이었다. 그런 곳에 처음 갔을 때 모든 상품이 위험한 사상에 휩싸인 것처럼 보여 묘하게 흥분했던 기억이 난다. 거기에 주뼛주뼛 부탁을 하러 갔다. 의외로 수월하게 놓아 주겠다고 하여 돌아오는 길에는 『하이킨』이 벌써 베스트셀러가 된 것처럼 혼자 기뻐했다.

나머지는 나카노에 있는 타코셰라는 서브컬처숍에서도 놓아 주기로 했다. 타코셰는 작가라는 인종을 무척 가까운 거리에서 볼 수 있는 가게였다. 『하이킨』을 놓아 준 일로 나도 이제 예술인들이 많이 사는 도쿄라는 도시에 있음을 실감했다.

불쑥 일반 서점에도 교섭하러 갔다. 매정하게 거절하는 곳도 있었지만, 개중에는 흥미를 보인 곳도 있었다. 하지만 그럴 때마다 한결같이 '어느 책장에 진열하면 좋을지 모르겠다'는 지적을 받았다. 우리는 잡지라고 주장했지만 아무리 보아도 사진집이라서 서점 사람들은 혼란스러워했다. 게다가 아무것도 모르는 초심자라 막상 납품할 때는 납품서 쓰는 법도 몰랐다. 그나마 휴게실까지 가서 점장에게 배워 가며 썼다(나중에 직접 서점을 하면서 놓아 달라고 가져오는 경우 나 같은 사람이 대부분이라는 사실을 알았다).

나머지는 미시마가 아르바이트 하는 동네의 책방에 부탁하거나, 막판에는 교토대학 앞에 있던 아스쇼보며 나고야의 빌리지뱅가드 본점에도 놓았다. 하지만 영업 활동은 늘 좋은 때만 있는 게 아니라 마음 상하는 일도 많고, 생활에 쫓기면서 모든 게 점점 귀찮아졌다. 우리는 영업이 서툴렀다. 도쿄에서 성공하겠다는 꿈에 부풀었으면서도 도쿄를 열심히 누비고 다닐 의욕은 부족했다.

결국 『하이킨』은 3년간 3권이 나왔다. 창간호는 두 사람의 사진집이나 다름없었다. 2호는 멤버가 한 명 늘어나 어설프게 잡지다운 콘텐츠를 만들었다. 야외 촬영을 하고, 탐방 기사를 싣기도 했다. 그래도 내 담당 페이지는 창간호와 거의 다르지 않았다. 3호는 왜 그랬는지 총괄호처럼 되었다. 사진을 바탕으로 한 책자이지만, 거기에 각자가 고안한 문구를 더한 구성이었다. 말하자면 광고 사진의 집결체 같은 책자였다. 거기에 『하이킨』 멤버 모집 페이지를 넣었더니 키가 큰 여자 한 명이 응모했다. 그 일만이 『하이킨』에서 유일한 반응이라 할 만했다.

『하이킨』을 정리했을 즈음 어느 출판사 편집자 모집 기사를 보았다. 약속을 잡은 나는 면접에 『하이킨』 창간호를 포트폴리오로 가져갔다. 찾아가 보니 성인 잡지와 비디오를 제작, 판매하는 출판사였다. 스무 살 때 살면서 할 수 있는 일은 뭐든 하겠다고 다짐했다. "성인물 모델을 해야 할 수도 있는데 괜찮겠어요?"라는 질문에는 잠시 망설였지만 편집 업무에 몸담고 싶은 마음을 억누르지 못하고 괜찮다고 대답했다. 그렇게 간단히 채용되었다.

처음에는 여성용 성인 잡지 편집부로 배치되었다. 나와 같은 시기에 입사한 남성과 편집장을 빼면 전원이 여성 편집자였는데 회의 시간에는 저속하고 추잡한 단어가 인사말처럼 난무했다. 잡지 내용은 포르노 남자 배우와 독자가 함께하는 세미누드나 독자 투고 체험담을 재현한 사진이며 성인 용품숍 리포트 등이 실렸다. 놀랍게도 날조가 전혀 없었다. 정말로 매달 독자 체험담이나 세미누드 모델이 되고 싶다는 희망자가 있었다. 여성의 무엇이 그렇게 만드는지 모르겠다. 나중에 남성 포르노 잡지 독자 투고 코너를 혼자 담당한 적이 있는데 그때는 일러스트 투고 정도밖에 제대로 된 투고가 없었다.

입사하고 석 달쯤 지난 어느 날, 항상 하던 남자 배우에게 일이 생겨 결국 내가 출연하게 되었다. 그러는 조건으로 들어왔으므로 받아들일 수밖에 없었다. 입사 동기인 남성은 원래 포르노 배우를 했던 사람이라 당당한 얼굴로 해냈다.

당일 아침 현장에 가니 여성 편집자들까지 와 있었다. 항상 같은 사무실에서 일하던 사람들 앞에서 심지어 여자들 앞에서 알몸이 되기가 주저되었지만, 이상한 곳에서 결정이 빠른 나는 되도록 평정심을 잃지 않으려 애쓰면서 벌거숭이가 되었다. 그 페이지는 갖가지 성교 테크닉을 사진으로 설명하는 페이지로, 나는 여성 모델과 여러 체위를 재현했다. 그곳에 까만 콘돔을 끼고 촬영했는데 특수한 상황 속에서 커질 리 없이 쳐진 채 흐물흐물했다.

촬영이 어찌어찌 끝나고 또 일상이 시작되었다. 평소와 다름없는 분위기 속에서 편집부 사람들은 아무렇지 않게 나를 이전처럼 대했다. 나중에 알았지만 편집부 여성 편집자와 기자 들도 모두 기간호에서 성인 모델 일을 한 모양이었다. 이상한 동료 의식이 있었는지 모르겠다. 그렇게 몇 번인가 모델을 했는데 같은 현장의 프로 배우가 물건을 훌륭하게 세우는 것을 보고 대단하다고 생각했다.

그 후 나는 서양 어덜트 편집부로 이동해 비로소 편집 업무를 하게 되었다. 남자 세 명의 편집부. 거기에서는 취재, 편집, 레이아웃 디자인, 기자, 원고 수집까지 촬영 이외의 거의 모든 업무를 했다. 외국의 포르노 정보 번역도 거기에 더해졌다. 지금도 있는지 모르겠지만 조판용지라는 레이아웃용 종이가 있어서 거기에 대강의 레이아웃을 자를 써서 손으로 그린다. 글자의 크기를 급수표로 가늠해 몇 글자가 들어갈지 정하고 나서 폰트와 표제, 글자 수식, 괘선을 모두 연필로 그리고 조판용지에 직접 지정용어를 써넣는다. 사진 부분은 필름을 돋보기로 보면서 연필로 본떠 자리를 앉힌다. 그것들이 마무리되면 한꺼번에 이다바시에 있던 사진식자집에 가져간다. 외국에서 이메일로 보낸 그림을 MO디스크에 저장해 스이도바시에 있던 출력 센터에서 인쇄한다. 마감이 무척 느린 필자나 편도 2시간 거리에 사는 디자이너의 원고를 받으러 가면 그것만으로 하루가 다 갔다. 그런 날이면 전철에서 입을 벌린 채 졸았다. 인쇄소에 출장 교정을 가서 최종 글자 교정과 색 교정을 마치면 드디어 끝. 컴퓨터로 편집하는 탁상출판DTP이 보편화되기 직전의 이야기다. 마감이 다가오면 우리의 손바닥 한쪽은 연필 자국으로 항상 새까매졌다.

편집 업무도 익숙해진 어느 날 아침, 출근하니 회사가 숯검정이 되어 있었다. 가끔 회사 가기 싫을 때 '아, 갑자기 회사가 없어져 버리면 좋겠다'고 생각하고는 했는데 그날 출근하니 그것이 현실이 되어 있었다. 건물 전체가 홀랑 다 타 버린 것이다. 아무래도 누가 불을 지른 것 같다. 당시에 출판사 괴롭히기가 계속되고 있었는데 다른 출판사에서는 편집실에 온통 똥칠을 해 놓은 곳도 있다고 들었다. 늦은 밤 사람이 없는 시간이어서 희생자는 없었다. 불은 이미 진화되어 관계자인 우리는 상황을 확인하러 안으로 들어갔다. 건물 내에 탄내가 진동했다. 우리 편집부가 있던 층은 특히 불길이 심해서 책상이나 의자는 물론 자료들도 모두 잿더미였다. 끈적끈적하게 녹은 에어컨이 기억난다. 다행히 최신호 원고는 이미 입고가 끝난 상태여서 우리의 고생이 헛되지는 않았다. 하지만 다음호부터 작업할 공간이 없었다. 얼마 동안 한가로운 날들을 보낸 후 회사 소유의 또 다른 건물 1층 통로 복도에 가설 편집실이 준비되었다. 거기서 또 무소속 같은 힘들고 지루한 나날이 시작되었다.

새로운 편집실에서 작업하는 데도 익숙해질 무렵 갑자기 서양 어덜트 잡지를 휴간한다는 발표가 났다. 얼마 전에 잡지명을 바꾼 단계에서 얼마 버티지 못하겠다는 소문은 돌았지만 휴간 소식은 너무나 갑작스러웠다. 편집장은 곧바로 새로운 잡지를 창간할 테니 너희도 기획안을 내놓으라고 했다. 나는 생각난 대로 서양 어덜트지 기획을 제출했다. 그중 하나가 채용되어 새로운 잡지는 회사의 심사도 통과하고 발매되기에 이르렀다. 그러나 내 의욕은 점점 떨어졌다.

어딘가에 가케쇼보를 놓고 온 것 같은 느낌을 떨쳐 버릴 수 없었다. 이런 포르노 서적만 만들려고 출판사에 들어온 것이 아니라는 생각이 들었다. 나는 다시 한번 가케쇼보에서 『하이킨』을 재개해 보려고 회사를 그만두었다.

성인물을 만든 경험이 한때는 부끄러웠다. 나중에 인

터뷰를 하다가 과거 경력을 물으면 도쿄에서 편집자로 일했다며 근사하게 포장하곤 했다.

　새삼 돌이켜 보면 부끄럽다고 생각한 내 자의식이 부끄럽다.

나는 편집자 이후 인쇄공을 했다. 일본우정공사의 간포의 집★ 전단지를 주로 인쇄하는 회사로 가족 경영을 하는 동네 공장이었다. 아버지, 어머니, 아들까지 3인 가족. 외부인은 나 하나. 직업안정소에서 임금 순으로 고른 직장이었다.

　1층이 작업소이고 2, 3층이 주거 공간이다. 잉크 냄새가 밴 어둑어둑한 작업장에서 온종일 전단지를 찍었다. 주문이 들어 온 간포의 집 주소를 전단지에 500 - 3,000매까지 인쇄한다. 윤전기에 조판을 걸고 거기에 까만 잉크를 헝겊으로 바른다. 인쇄할 종이 더미가 한 장씩 기계에 통과하도록 종이를 세우고 사이에 공기가 들어가게끔 꼼꼼하게

★일본 우정 주식회사가 운영하는 여관 및 호텔.

손가락으로 훑어서 인쇄기에 장착한다. 조금씩 위치를 조정하면서 샘플 인쇄를 하고 위치를 결정하면 인쇄기 스위치를 누르기만 하면 되는데, 그쯤 되면 손톱 속까지 새까매진다.

70세쯤 된 사장은 나에게 기계 다루는 법을 주의 깊게 가르쳐 주었다. 인쇄 작업은 사장이 직접하고 나보다 세 살 많은 외동아들은 밖으로 도는 영업을 담당했다. 저녁이 되어 일을 마치면 대개는 2층 식탁에서 사장님과 부인이 반주를 하는 자리에 동석해야 했다. 사장님의 고생담이 술안주다.

듣기로 사장님은 패전 직후 신주쿠에서 조직 생활을 했는데 암시장에 쌀을 팔아 입에 풀칠을 했다고 한다. 지금 부인은 후처로 사장님이 다니던 카바레의 넘버원 호스티스였다고 한다. 전혀 그렇게 보이지 않았다.

키가 작고 땅딸막한 부인은 한쪽 다리가 안 좋은지 항상 다리를 절며 걸었다. 가끔 정신이 불안정해지는지 갑자기 아기 같은 괴상한 소리를 내며 울 때가 있었다. 어느 날 저녁 어두워진 작업장에서 일을 하는데 뜬금없이 "너도 내가 안 보는 데서 내 흉 보지?" 하며 따져 물었다. 누명을 쓴 나는 우선 부인을 달래어 위기를 모면했다. 그 뒤에 사장의 호통에 사모가 아기처럼 우는 소리가 2층에서 들렸다. 생판 남인 나는 되도록 남의 가정 문제에 끼어들지 않고 일만 묵묵히 하려 했지만, 드라마 같은 이 상황이 점점 견디기 힘들어졌다. 언제 그만둘까 고민하던 차에 사건이 터졌다.

아버지인 사장의 기대와 애정을 한 몸에 받던 아들은 명목상 전무였는데, 내가 출근할 시간에는 거의 양복 차림으로 영업을 하러 나갔다. 내가 입사한 뒤로 사장님은 인쇄 작업을 직접 하지 않아도 되어 2층에서 부인과 함께 저녁 때까지 텔레비전을 보며 지냈다. 하지만 나는 아들이 일하러 가는 것처럼 나가서는 날마다 파친코를 드나든다는 것을 알고 있었다. 생판 남인 나만이 이 가족의 손발이 되어 일했다. 한계에 다다른 어느 날 아침, 사장님이 서슬이 퍼래서 나를 2층 식탁으로 불렀다. 거기에는 시선을 떨구고 앉아 있는 부인과 아들이 있었다. 이야기를 들어 보니 아들의 악행이 사장에게 들통 난 모양이었다. 아들은 일하러 가는 척하며 룸살롱까지 드나들면서 반년 만에 회사 돈을 무려 1,500만 엔이나 경비로 써 버렸다고 한다. 사장님은 성이 나서 이렇게 말했다.

"이딴 회사 그만 집어치워! 이런 아들 따위한테 맡길 수 없다!"

2개월 전에 컴퓨터를 들여와 집 건너편에 새로운 작업장을 설치하자마자 일어난 일이었다. 아들의 이름은 회사명에서 한 글자를 따와서 지었다. 아들이 태어났을 때 후계자가 될 거라는 기대를 담아 지었을 것이다. 사장님은 조용히 나에게 물었다.

"자네는 어떡할 건가? 만약 자네가 할 생각이 있으면 자네에게 물려주겠네."

내 대답은 정해져 있었다. 이제 내 세계로 돌아가고 싶었다. 그래도 겉으로는 이렇게 말했다.

"하루 생각해 보겠습니다."

미안하지만 퇴근길에 나는 기쁨을 감출 수 없었다. 항상 지나는 퇴근길 풍경이 그렇게 빛나 보이기는 처음이었다.

이렇게 나는 나의 세계로 돌아왔다. 그 후 인쇄소가 어떻게 되었는지는 모른다. 다만 고생한 사장님에게 평온한 날이 찾아오기를 바랄 뿐이다.

출발점으로 돌아온 나에게는 가케쇼보를 재개할 동기가 없었다. 그즈음 미시마는 본격적으로 사진을 시작해, 많은 아마추어 뮤지션의 라이브 사진을 찍으며 커뮤니티를 넓혀 갔다. 그가 주최한 라이브 이벤트를 보러 가서 무대 위 뮤지션을 생생하게 촬영하는 미시마를 객석에서 바라보았다. 나는 그즈음 결혼도 했으니 일에서 카타르시스를 추구하지는 말자고 생각하고 있었다. 돈을 벌기 위해 일을 하고 언젠가 태어날 아이를 키우는 인생을 살아갈 작정이었다.

이제 무슨 일이든 해야겠다 싶어 교재 영업을 하는 회사에 취직했다. 난생처음 양복을 입고 하는 일이었고 운전도 처음이었다. 면허는 있었지만 장롱 면허나 다름없었다. 나는 그 사실을 말하지 않은 채 회사에 들어갔다.

할부로 총액 100만 엔 정도 하는 초등학교 교과서 문제 해답집을 파는 회사였다. 아침 회의에서는 먼저 그날 영업 목표를 큰소리로 순서대로 외친다. 그리고 그대로 전화 앞에 앉아 명부를 보고 한 집 한 집 전화를 건다. 당연히 대부분 매몰차게 끊는다. 흔한 전화 영업이었다. 우선 몇 살 정도의 아이가 있는지 자연스럽게 묻고 당시 막 출시된 '스카이 퍼펙트 TV!' 계약이 포함된 안내를 한다. 클로징이란 업계 용어가 있는데 어느 단계까지 상대방에게 이야기가 통했는지를 용어를 사용해 명부에 메모한다. 비교적 오래 이야기를 들어주는 사람은 다른 날 또 다른 사람이 전화를 거는 수법이었다. 마침내 약속이 잡히면 자동차를 몰고 현장으로 간다.

그날 나는 복사한 지도를 조수석에 놓고 처음으로 현장까지 운전해서 갔다. 지바의 시골 채소 가게에 도착해 밝게 인사를 건넨다. 사람 좋아 보이는 주인이다. 안쪽에서 차도 내주고 이야기를 진지하게 들어 주었다. 이야기를 할수록 밑천이 떨어진다. 나는 돌아가는 길에 그 집에서 바나나를 샀다. 조금이라도 좋은 인상을 심고 싶었겠지.

그리고 돌아가는 길에 사고를 냈다. 빨간 신호등에서 멈춰 있을 때 조수석에 둔 바나나를 집으려다가 브레이크 페달을 놓쳐 버린 것이다.

모르는 사이에 자동차는 앞으로 천천히 움직였다. 쿵 하는 둔탁한 소리를 듣고서야 앞차 범퍼에 부딪친 것을 알았다. 앞차 운전자가 내려 갓길로 붙이라고 지시했다. 나는 사고 대응을 어떻게 하면 좋을지 아무것도 몰랐다. 상대 운전자는 회사 사장이었는데 다행히 양심적으로 대해 주어 어찌어찌 서로 보험으로 해결하기로 했다.

　하지만 그날 한 군데 더 방문 판매를 하러 가야 했다. 상대 운전자와 헤어져 현장으로 향한다. 지바현 보소 지방의 지붕을 새로 얹은 시골집에 인심 좋아 보이는 대가족이 살고 있었다. 아버지가 일에서 돌아올 때까지 들어와 있으라고 한다. 초등학교 저학년 형제들이 장난치며 놀고 있다. 어머니는 부엌에서 저녁을 준비하고 있다. 밥 때가 되어 부친이 돌아왔다. 나는 연습한 영업용 말을 늘어놓았지만, 정작 지나치게 비싼 금액을 듣더니 부친의 얼굴이 어두워졌다. 나도 같은 생각이라 강하게 밀어붙이지 못했다. 부친은 상냥하게 웃는 얼굴로 거절했고 나는 한시름 놓았다. 만약 계약이 성립되었다면 죄책감에 시달렸을 것이다.

그 후에 알게 된 회사의 방침은 내 마음을 뒤흔들기에 충분했다. 사원 교육 시간에는 상사에게 영업 교육 외에 죄책감을 없애는 강습이 함께 있었다. 회사는 사원들에게 아이들의 학력을 높이는 '좋은 일'을 하고 있다고 가르쳤다. 사원들 죄책감의 원흉은 고액 상품을 파는 것도 있지만, 약속을 잡기 위한 명부 작성 방식이 가장 큰 원인이었다.

아이들이 초등학교에서 돌아오는 오후 3시 30분에서 5시 정도까지 사원들은 회사가 업자한테 사 온 명부를 보고 전화를 건다. 왜 이 시간에 거는 것일까? 그때가 엄마들이 시장 보러 가서 집에 혼자 있는 아이들이 많은 시간이기 때문이다. 그때를 노려서 이런 전화를 건다.

"여보세요, 안녕. 집에 누구 있니?"

초등학생이 없다고 대답하면 다음 단계로 들어간다.

"어, 그렇구나. 어떡하지, 아저씨 너네 초등학교 졸업 앨범 만드는 인쇄회사 사람인데, 실수로 명부가 찢어져 버렸거든. 그래서 네가 학교에서 받은 명부가 있으면 아저씨가 모르는 부분 좀 가르쳐 주면 좋겠는데."

대부분 아이들은 모두 고분고분 열심히 가르쳐 준다. 사람을 도와 좋은 일을 하는 것처럼. 이런 전화는 양심을 버리지 않으면 못 한다. 그러다가 어떤 일을 겪고 나서 정말 그만두기로 결심했다.

평소처럼 저녁에 전화를 걸었다. 초등학생 남자애가 받았다. 늘 하는 이야기를 시작한다. 하지만 그 아이는 여느 아이들과는 달랐다. 무슨 말을 해도 줄곧 조용했다. 잘 들으니 숨소리가 거칠다. "여보세요." 여러 번 부르자 그제야 입을 벌리고 변성기가 온 목소리로 이렇게 말했다.

"아저씨 이름하고 전화번호를 가르쳐 주세요."

땀이 났다. 남자아이는 거친 숨을 몰아쉬며 계속했다.

"저번에 학교에서…… 요즘 이런…… 전화가…… 많은 것 같으니…… 조심하라는…… 프린트를 받았어요……. 아저씨 이름하고 전화번호를 알려 주세요!"

나는 당황해서 전화를 끊었다. 남자아이는 흉악범과 이야기하는 심경이었을까. 관둬야겠다.

생각해 보니 여기에 모인 사원들은 모두 아무것도 보이지 않는 척하며 하루하루 보내고 있는 것 같았다. 선배 사원은 차 안에서 나에게 이렇게 말한 적이 있다.

"돈이 모이면 이런 회사 때려치우고 라면집을 할 생각이야. 자네도 목표가 있는 게 좋아. 이곳은 오래 있을 곳이 못 돼."

몸도 마음도 회사에 바친 것처럼 보이던 선배가 이런 말을 할 줄이야. 놀라웠지만 안심했다. 그래도 상장회사인데, 사람의 선의를 악용하여 얻은 돈으로 돌아가는 회사였다. 나는 상사에게 회사를 그만두겠다고 말했다. 상사는 격분했다. 지난번에 사고 냈을 때의 손해금을 실비로 급료에서 제하겠다고 했다. 어쨌든 여기 있고 싶지 않아서 조건을 받아들였다. 겨우 2주 만의 퇴사였다.

세상에는 그 장소에서만 통용되는 질 나쁜 암묵적 규칙이 많다는 사실을 배웠다.

내가 평생 할 수 있는 일은 무엇일까? 20대의 나는 항상 그 생각뿐이었다. 기본적으로 나는 많은 일을 벌리고 싶어 하는 사람이 아니다. 하나의 일을 찾으면 되도록 죽을 때까지 그 일만 하고 싶다. 하지만 이런저런 사정으로 그렇게 되지 않았다. 사는 곳 또한 그러했다. 필요로 이사할 뿐 일만 생기지 않는다면 쭉 거기서 살고 싶다.

　　20대 초반에는 '어떤 사람'이 되겠다는 생각으로 하고 싶지 않은 일을 했지만, 서른 살이 가까워지자 생활을 위해 공사를 구별하려 했다. 결과적으로 늘 나에게 맞지 않는 직장만 골랐다. 그런 반성도 포함해 조금쯤 흥미가 있는 일로 먹고살아 보자고 마음을 고쳐먹었다.

그런 시기에 소부선의 신코이와역 주변을 걷다가 '신규 헌책방 오프닝 스태프 모집'이라는 전단지를 발견했다. 왠지 이거다 싶었다. 나는 역시 책방이라는 공간이 좋았다.

나는 그곳의 제1호 사원이 되었다. 사장은 원래 무역업을 하던 사람으로 흰머리가 섞인 장발을 뒤로 묶은 세련된 멋쟁이였다. 사장의 직속 부하로 말단부터 시작해 이 자리에 오게 된 것 같은 수상쩍은 아저씨가 있었는데, 나는 그 사람과 팀이 되어 가게를 꾸려 나갔다. 아저씨도 나도 헌책 업계는 완전 초보여서 우리만의 규칙으로 일을 했다. 가게의 상품들은 만화가 중심이고 서적이나 문고는 아카가와 지로, 니시무라 교타로 같은 작가의 책들을 진열장에 대량으로 늘어놓아 어수선하기 짝이 없었다. 정작 만화책도 요즘 주목받는 작품은 거의 진열되어 있지 않고 근처 신고서점★에 가서 있을까 말까 한 지식으로 만화책을 골라 매입했다. 오래된 작품은 그나마 가치를 막연하게 예상할 수 있었지만 최근 인기작은 다른 가게를 참고하는 형편이었다. 그러다 출장 매입을 부탁받기도 했는데, 아저씨는 이사하는 사람의 '짐을 빨리 치우고 싶다'는 약점을 이용해 터무니없이 싼값에 사들이는 것 같았다. 그럭저럭하는 사

★비교적 근래에 출판된 출판물, 음반 등을 매입하고 판매하는 대형 중고서점.

이에 성인 상품도 구비하고, 우리는 타성에 젖어들기 시작했다.

그래도 스물일곱 살이 된 나는 그런 와중에도 나의 분야를 찾아내려고 필사적으로 발버둥 쳤다. 어느 날 아저씨가 대량의 잡지 기간호를 어딘가에서 매입해 왔다. 나는 권마다 독자적 가치관으로 가격을 붙였다. 그리고 거기에 등장하는 인물이나 특집, 시대 배경 등을 광고판으로 만들어 팔아 치웠다.

내 가치관으로 장사를 할 수 있다는 즐거움을 이 가게에서 배웠다. 이전에 일반서점에서 아르바이트할 때는 정가로밖에 책을 팔지 못했지만, 헌책방에서는 어떤 책이든 내 척도로 가치를 정할 수 있다는 쾌감이 있었다. 다른 가게에서는 3,000엔 하는 책도 우리 가게에서는 100엔에 팔 수도 있고, 다른 데서 100엔에 파는 책에 새로운 가치를 부여하여 3,000엔에 진열하는 것도 가능했다. 아직 인터넷이 그렇게 보급되지 않은 시절, 보람 있고 재미있는 체험이었다. 사는 사람은 지금처럼 경매 사이트나 온라인 서점의 시세가 아닌 그 가게의 가치 기준을 믿고 책을 산다. 제시된 가격으로 산다는 것은 속이거나 속는 것이 아니라, 손님이 그 가치를 인정했다는 뜻이다.

이 재미에 빠진 나는 이제 완전히 이 가게에서 헌책방을 계속해 가기로 마음먹었다. 가게를 한다는 발상은 그때까지 한번도 없었다. 이전에 서점에서 아르바이트 할 때는 매장에서 일하는 재미까지는 도달하지 못했다. 그저 돈을 받기 위해 거기에 있었다. 공장 근무, 편집자, 인쇄공, 어느 것도 손님이라는 최후의 소비자와 직접 접촉하는 일은 아니었다. 나는 직접 사들이고 가격을 붙이고 진열한 책을 반갑게 사 가는 손님을 대하면서 여태껏 없던 충족감을 맛보았다. 손님과 가치관을 공유하는 기분이었다.

내가 그 가게에서 계속 일하고 싶다고 생각한 또 하나의 이유는 조금씩 나의 규칙으로 가게가 움직였기 때문이기도 했다. 사장은 털털한 사람이어서 좋을 대로 해 보라는 식으로 일찌감치 가게를 맡겼다. 아저씨도 어느새 나를 신뢰했고 나는 새로 들어온 아르바이트 점원들과 우리의 가게를 만들어 갔다. 다행히도 역 앞에 위치해 있어서 가게에는 출퇴근길 손님이 점점 많이 드나들었다. 어설프지만 새로운 스타일의 헌책방도 모색했다. 장르나 내용을 초월해, 문고판의 책등 색에 착안하여 일곱 색깔 세트를 만들어 보거나, 신서판★에 무분별하게 많은 '왜 ~일까?'라는 제목들만 모은 세트를 만들기도 하며 머리에 떠오르는 모든 것

★문고판보다 폭이 좁고 긴 판형으로, 주로 총서나 가벼운 논픽션이 나온다.

을 가게에서 실험했다.

다만 문제는 있었다. 책방 2층에는 사장이 경영하는 개인 비디오가게가 있었는데, 그 층에는 지금까지 사 들인 책이 쌓여 있었다. 양은 날마다 늘어나 점점 어디에 무엇이 있는지조차 알 수 없었다. 게다가 2층 마루의 내구성에도 문제가 있어서 매입이 늘수록 재고 관리 상태가 악화되었다.

무엇보다 책 한 권이 팔리는 속도와 책을 여러 권 동시에 들여오는 속도가 압도적으로 달랐다. 필요한 책을 위해 필요 없는 책을 함께 사야 할 때도 있었다. 그런 책은 다른 헌책방에 팔러 가기도 했지만, 한번 크게 불어난 창고 재고량은 그렇게 간단히 해결되지 않았다.

어떻게든 나름의 희망을 찾으면서 가게를 꾸려 가려고 했을 때 고향에서 연락이 왔다. 할머니가 위독하다는 소식이었다.

앞으로 복잡한 일이 많을 테니, 그만 교토로 돌아오면 좋겠다고 했다. 나는 서둘러 교토로 돌아갔다. 내가 병실에 도착하자 할머니는 나를 기다리기라도 한 것처럼 돌아가셨다. 겨우 뼈를 묻을 만한 일을 찾았나 했는데, 할머니의 죽음과 귀향하라는 가족들의 말은 충격이었다.

그 후 할머니와 바뀌기라도 한 것처럼 큰딸이 태어났다. 나는 아이를 키우려면 교토가 좋겠다고 생각하고 있었기에 조금씩 교토로 돌아갈 마음을 굳혔다. 그즈음 아버지 몸에서 암이 발견되었다.

2002년 2월, 드디어 교토로 돌아가기로 마음먹었다.

교토에 돌아온 것은 좋았지만 딱히 무슨 일을 하겠다는 목표도 없이 나중에 가게를 하고 싶다는 생각만 싹텄다. 하지만 어떻게 하면 좋을지 알 수 없었다.

헌책방은 계속 사들이지 않으면 가게가 돌아가지 않는다. 지금 가진 재고만으로는 곧 진열장이 교착 상태에 이른다. 새로 들어온 재고를 회전시키는 것이 책장의 신선도와 더 나아가서는 가게의 신선도를 결정하기 때문이다. 그러나 매입이 순조로우면 팔리는 권수의 몇 배나 되는 책을 매달 인수하게 된다. 한 권의 책이 바로 팔려도 그 책이 또 들어오리라는 보장은 없다는 점이 까다로웠다. 하물며 이

전에 매입한 가격과 같은 값이나 더 싼값에 들어올 확률은 매우 적다. 반대로 팔리지 않는 책은 몇 번이고 들어온다. 한때는 신간이었던 베스트셀러들이다. 출판된 지 3년쯤 지나 완전히 소비되면 누구나 팔려고 한다. 세상의 잉여 재고로 가치는 하락하고 매입 가격도 판매 가격도 저가가 된 책이다.

그런 현장을 봐 온 나는 헌책방은 재고를 어떻게 관리하느냐가 관건이라고 보았다. 어떻게 할까 고민했다. 나의 가치관을 손님과 공유할 수 있는 '가게'라는 공간을 꾸려가는 일은 그때 이미 평생 하고 싶은 일이 되어 있었다.

단순하게도 '앗! 그러고 보니 새 책이라면 안 팔리는 책은 반품할 수 있고 필요한 책은 주문하면 얼마든지 같은 가격에 들여올 수 있지 않은가!'라는 생각에 미쳤다. 거침없이 헌책방에서 신간서점으로 마음을 바꾸었다. 곧바로 단바구치역 앞에 있던 개인이 경영하는 서점에서 아르바이트 모집 전단지를 보고 면접을 보러 갔다.

그곳은 내가 꿈꾼 아담한 넓이의 가게였다. 역 앞에 있고 깔끔하며 개인이 경영하는 서점이어서 일 배우기는 제격이라고 생각했다. 면접에서 가까운 장래에 책방을 하고 싶다는 의향을 말했더니 점주는 서점은 그리 권하고 싶지 않다고 말했다. 이 가게는 역 앞에 있어 입지 조건이나 오랜 신용으로 어찌어찌 꾸리고 있지만, 앞으로는 새로운 책방을 하기가 정말 힘들 거라고 친절하게 가르쳐 주었다. 길이 험난하리라는 예상은 했다. 하지만 사람은 어떤 충고를 들어도 실제로 험한 일이 닥치기 전까지는 제대로 이해하지 못한다. 그런 실정을 머리로는 알고 있다 생각해도 나는 다르다, 어떻게든 될 거라 믿고 싶어 하고, 실제로도 그렇게 믿어 버리는 것 같다. 며칠 후 불합격 전화를 받았지만 편의점 야간 아르바이트를 하면서 다음 일을 찾아보기로 했다.

그러던 어느 날 구인지를 보는데 신간서점에서 계약사원을 모집하고 있었다. 스물아홉 살이 된 나는 채용될지 자신이 없었지만, 지금까지의 경력을 무기로 면접에 임했다. 저번에는 책방을 하고 싶다고 강조하는 바람에 불합격했나 싶어 이번 면접에서는 가볍게만 말했다. 그것이 적중했는지 채용 연락을 받고 그곳에서 서점 수업을 시작하게 되었다.

그 가게는 대형 쇼핑몰 안에 있는 서점으로 가족들이 주 고객층이었다. 잡지와 만화와 실용서가 매출의 대부분을 차지했다. 나는 실용서 코너를 맡았다. 실용서라 해도 장르는 다양하다. 요리, 육아, 원예, 건강, 예술, 스포츠, 지도, 여행, 어학, 때로는 참고서, 비즈니스 서적. 이들을 모두 혼자 관리해야 했다. 80평쯤 되는 전체 매장의 3분의 1이 담당 구역이었다. 업무 내용은 계산대, 발주, 반품, 상품 꺼내기, 잡무. 경영에는 전혀 관여할 수 없었다. 일단 여기에서는 현장 작업을 배우려고 생각했다.

　아침에 출근하면 1층 반입구에 놓여 있는 대량의 책 컨테이너를 업무용 엘리베이터로 2층까지 옮긴다. 힘껏 밀면서 가게에 도착하면 종이상자에 들어 있는 책은 나중으로 미루고 비닐봉지에 들어 있는 잡지를 장르별로 그대로 바닥에 늘어놓는다. 아동잡지나 『고로코로코믹』, 『JJ』 등 부록이 딸린 책의 발매일은 굉장하다. 권당 두께가 두껍거나 부록이 자리를 차지해서 바닥에 다 놓을 수 없다. 그럴 때는 어느 정도 늘어놓으면 보관 서랍이나 컨테이너로 다시 집어넣어 안쪽으로 몰아넣는다. 잡지의 봉지를 뜯으면 각 장르의 평대 잡지 위에 일단 펼쳐 놓는다. 대충 장르 나누기가 끝나면 그날 할당량만큼 진열장에 진열한다. 대체로 4인 체제다. 당시 『사립탐정 하마마이크』의 텔레비전 시리즈가 시작한 시기였는데 나가세 마사토시★가 표지에 실린 『TV피아』를 진열하던 게 기억난다. 시대적으로

★영화배우. 때때로 사진가, 영화감독, 가수로도 활동.

는 그런 무렵이었다.

그럭저럭하는 사이에 개점 시간이 되고 두 명이 계산대에 들어간다. 계산대에서는 부록을 책에 끼우는 일이 거의 매일 있는데, 부록이 많은 인기 잡지 발매일이면 계산대에 들어가서 폐점 시간이 될 때까지 그 작업을 계속한다. 계산대가 가장 붐빌 때는 평일은 낮 12시와 오후 3시, 저녁 5시 경이다. 휴일에는 종일 줄이 늘어선다. 바쁜 시간 외에는 매출 카드를 종류별로 나누거나 제휴한 업자의 광고지를 쇼핑백에 집어넣는다. 계산대 담당 시간이 끝나면 담당 진열장 상품 꺼내기와 반품 작업. 날마다 열다섯 상자 정도의 책을 꺼내고 담았다.

지금 돌이켜 보면 그렇게 계산대가 바쁘게 돌아가는 가게와 내 가게가 같은 업종이라고는 생각되지 않는다. 박리다매란 그런 장사를 가리키는 거겠지.

막연하게 신간을 파는 서점을 하고 싶었지만 자금은 어찌할지 구체적인 계획은 하나도 없었다. 날이면 날마다 잡무와 실무 작업에 쫓기면서 서점 경영 노하우를 터득할 리가 없고, 가끔 점장 일을 옆에서 훔쳐보아도 그것이 어떤 종류의 업무인지 도통 알 수 없었다. 현장에서는 책방을 하고 싶다는 꿈은 비밀로 하고 있었으므로 직접 물은 적도 없었다.

그런 때 아버지의 암이 재발했다. 재발하기 몇 년쯤 전에 수술과 방사선 치료 끝에 기적적으로 회복한 줄 알았다. 건강하게 일상생활을 재개하여 완전히 마음 놓고 있던 차에 이전된 암이 발견되었다. 나는 오후 5시에 일을 끝내고 날마다 병원으로 문병을 다녔다. 아버지가 좋아하는 알칼리수를 1리터 페트병에 담아 가서 마시기 쉽도록 500밀리리터 컵에 옮겨 담는 것이 내 일과였다. 항상 병실 텔레비전으로 아버지와 저녁 6시까지 스모를 관전했다. 그 시간이 끝나면 어머니와 둘이서 아버지 상태를 이야기하며 해가 저물기 시작하는 길을 터벅터벅 걸어 돌아간다. 그런 생활이 반복되었다.

그런 날들이 완전히 일상이 된 어느 날 아버지는 창밖을 보고 나에게 등을 보이면서 죽음에 대한 각오를 이야기했다. 남은 날이 얼마 안 된다는 것을 아셨을까. 그리고 직접 가게를 하려면 정신 차리고 열심히 하라며 어머니를 부탁한다고 했다. 아버지에게 언젠가 책방을 하고 싶다는 말은 했었다. 하지만 그때 나는 목이 메어 화제를 딴 곳으로 돌리고 말았다.

이튿날 아침 미열이 났다. 나른한 몸으로 양치를 하면서 불투명한 미래를 생각하니 무척 우울했다. 나는 아버지를 문득 떠올렸다. 아버지는 매일 아침 익숙한 자기 방 천장이 아닌 삭막한 병실 천장을 맨 처음 본다. 그리고 암과 함께해야 하는 현실을 통증과 함께 아침마다 맞닥뜨린다.

아버지가 맞이할 하루의 시작을 상상하면 나의 열 따위는 아주 하찮게 여겨졌다.

그로부터 며칠 후 전날 밤부터 아버지가 끙끙거리며 잠들지 못한다고 어머니에게 연락이 왔다. 어머니도 간밤에 주무시지 못했는지 피곤하니 오늘 밤에는 함께 병실을 지키자고 오라고 하신다. 저녁에 가니 평상시와 변함없는 아버지가 계셨다. 다만 지난 밤 잠을 못 자서인지 잠깐씩 선잠을 주무셨다. 나는 한시름 놓았다. 하지만 그날 밤에도 아버지는 끙끙거렸다. 틀니를 빼 놓아서 입을 내민 상태로 신음했다. 나는 내가 잠들어 버리지 않도록 이어폰으로 음악을 작게 들으면서 간이침대에서 주무시는 어머니의 잠든 얼굴과 신음 소리를 내는 아버지의 얼굴을 번갈아 보면서 밤을 새웠다.

아버지는 밤새 입을 벌린 채여서 정기적으로 물을 마시고 싶어 했다. 나는 그때마다 일으켜서 작은 주전자에 든 물을 마시게 했다. 또 30분에 한 번 욕창이 생기지 않도록 몸의 방향을 바꾸어 주어야 했다. 낮에 본 아버지를 떠올리며, 요 며칠 밤에만 상태가 나빴으니 다시 내일 낮이 되면 회복할 거라고 생각하며 간병했다.

새벽 3시쯤 아버지가 갑자기 침대 손잡이를 잡고 몸

을 일으켰다. 서둘러 내가 부축하자 아버지는 절박한 눈으로 "오줌……" 하고 말했다. 이날 밤부터 화장실에 가지 않아도 되도록 소변줄을 삽입했다. 주치의에게 그 얘기를 들은 나는 아버지에게 설명했다. 그러자 아버지는 쥐어짠 목소리로 "아니야. 이건 아니야……" 하고 호소하는 눈으로 말했다. 나는 한 번 더 아버지에게 자세히 설명했다. 그랬더니 납득했는지 아버지는 안심한 얼굴로 누워 그대로 용변을 보았다. 그것이 아버지와의 마지막 대화였다. 날이 샐 무렵 아버지는 돌아가셨다. 어머니와 내가 임종을 지켰다.

눈앞에서 돌아가신 아버지를 보고도 현실감이 없었다. 눈물 한 방울도 나오지 않았다. 힘들어하던 아버지와 간병에 지친 어머니를 봐 왔기에 해방되었다는 안도감도 있었을 것이다. 아버지와 어머니 둘이서 큰일을 치러 낸 것 같았다. 어쩌면 아버지의 죽음을 마지막까지 인정하고 싶지 않았는지도 모른다.

그 후 길에서 다리를 절며 걸어가는 신사복 차림의 어르신을 보면 항상 아버지가 생각났다. 아버지는 사람들이 좋아하던 멋쟁이였다. 아버지는 돌아가시기 10년 전부터 여러 가지 합병증의 후유증으로 한쪽 다리를 절며 걸었다.

나는 책방 일에 집중했다. 닥치는 대로 반품 작업을

해내고 바쁜 계산대 작업과 끝이 없는 상품 개봉 작업을 했다.

그러던 중 어머니에게 생전 아버지가 들어 둔 보험 얘기를 들었다. 나에게도 몇 분의 1인가를 받을 권리가 있다고 한다. 생각지도 못한 돈이다. 그때 퍼뜩 서점 개업을 생각했다. 아버지가 등을 떠미는 것 같았다. 지금까지 어떤 일이든 스스로 번 돈으로 해 나가려 했고, 해 왔다고 생각했다. 그래도 목돈이란 그날그날을 살아온 나와는 인연이 없었다. 신간서점은 어느 정도 자금이 없으면 개업이 힘들다. 나는 그 돈을 사용하기로 했다.

그날부터 계획은 갑자기 구체적으로 바뀌었다. 싼 중고차를 사서 본격적으로 가게 터를 보러 다니기 시작했다. 대충 젊은이들이 많은 지역을 생각했는데 고등학교 졸업 후 곧바로 가출했던 터라 고향 교토의 생리를 잘 몰랐다.

우선 교토 제일의 번화가인 시조카와라마치 주변에서 찾아보기로 했다. 하지만 처음 본 물건부터 말도 안 된다는 것을 금방 깨달았다. 어느 곳을 봐도 내가 생각한 예산에서 0이 하나 더 많았다. 나는 일찌감치 중심가를 포기했다.

포기한 이유는 또 하나 있었다. 번화가에 모이는 젊은

이들의 취향 때문이었다. 청년들은 유행을 쫓았다. 그들에게 먹히는 가게를 운영하려면 교통이 편리한 만큼 상품 종류가 뒤섞일 것이 예상되었다. 유행이란 수그러드는 것도 빨라 우리 가게가 회전율을 따라 가려면 피로에 지쳐 나가떨어질 것이다. 기본적으로 번화가는 휴일에 유동 인구가 많은 지역으로 대부분의 사람들이 그곳에 살지는 않는다. 그런 장소에서는 어떤 물건이든 소비만으로 특화되어 버릴 것 같았다.

번화가를 포기한 나는 학생들이 많은 지역에서 물건을 찾기 시작했다. 교토대학과 교토조형예술대학 등 몇 개의 대학이 있는 사쿄구라는 지역이 후보에 올랐다. 사실은 지금까지 사쿄구에 가 본 적이 별로 없었다. 시라카와 가로수길을 보고 세련된 거리라고 생각한 게 첫인상이었다. 그때 처음 사쿄구의 게이분샤 이치조지점이라는 색다른 책방을 알았다. 나는 책방은 좋아했지만 책방 정보를 찾아다니는 성격은 아니었다.

　게이분샤 이치조지점에 가 보니 서점 내에 조용한 분위기가 충만하고 문화적 감도가 높아 보이는 손님이 많았다. 이렇게 젊은이들이 모여드는 지역에서 이러한 가게가 유지된다면, 내가 구상하던 가게도 성공할 수 있겠다고 어렴풋이 기대를 품었다. 그와 함께 이런 가게가 이미 있다면 다른 분위기로 책방을 꾸며야겠다고 생각했다. 나는 다른 사람들과 같아 보이거나 영향받은 부분이 빤히 보이는 게 정말 싫다. 힘들게 직접 가게를 시작하는데 이미 있는 곳을 따라 한다는 건 아무리 생각해도 좋지 않다. 새로운 프레젠테이션을 제시한 가게가 압도적으로 매력적일 것이고 그렇지 않으면 신규 오픈하는 의미가 없다. 좋은 가게는 존경을 담아 오히려 반면교사로 삼고 싶다.

나는 자신의 특성을 살려 게이분샤가 여성 중심의 이미지라면 우리 서점은 남성 중심의 이미지로 가기로 정했다.

사쿄구에서 본격적으로 장소 물색에 나섰다. 평일에는 서점에서 일하고 휴일은 모두 가게를 찾는 데 썼다. 여러 물건을 보았지만 딱 이거다 하는 장소는 좀처럼 나타나지 않았다. 게이분샤와 엎어지면 코 닿을 곳에 있는 물건을 소개받은 적도 있었다.

그중 좋아 보이는 물건이 몇 군데 나타났다. 기본적인 희망 조건은 길가 모퉁이에 위치한 상점이었다. 왜 모퉁이에 집착하느냐 하면 나중에 가케쇼보의 상징이 된 자동차 오브제를 이미 구상해 놓았기 때문이다. 한번에 기억하게 하려면 충격적인 것이 필요했고 다른 차원의 공간 속으로 들어가는 재미도 연출하고 싶었다.

후보지 한 곳은 공장과 인접한 2층 건물로 운치가 있었다. 길가에 위치했고 모퉁이였다. 하지만 사람들이 별로 다니지 않을 것 같았다. 우선 후보지에는 넣었다. 또 다른 후보는 교토대학 근처의 햐쿠만벤 교차로 서쪽에 위치한 아파트 지하였다. 지하에는 음식점 몇 개가 입주해 있었는데 분위기가 숨은 맛집 같았다. 길가 모퉁이는 아니지만 여기도 후보. 또 한 곳은 지하철 계단을 올라오면 바로 보이는 빌딩 1층. 이곳은 대지 면적이 지금까지 본 곳 중에서 가장 넓고 원래 책방을 하던 곳이다. 이 물건은 공개적으로 내놓지 않아 임대료를 아직 알 수 없었다. 임대료를 알 때까지 여기도 후보.

세 곳 중 하나로 정하려는 단계에 이르렀다. 우선 책방이던 넓은 곳은 아웃. 임대료를 알고 나서 금액에 주눅이 들었다. 나머지 두 곳은 마지막까지 망설였다. 몇 번이나 현장에 가서 밤거리 유동 인구도 조사했다. 임대료는 거의 같았다. 넓이는 2층이 있는 만큼 공장 인접지 쪽이 조금 넓었다. 하지만 사람들 통행은 아파트 지하 쪽이 더 많았다. 언제까지나 후보지로 묶어 둘 수 없으므로 정해야 했다. 고민 끝에 역시 2층 건물로 마음이 기울었다.

두 곳을 오가는 사이에 가로수길이 아름다운 시라카와 거리가 있었다. 이동 중 차에서 신호를 기다리는데 아무리 보아도 아무도 사용하는 것 같지 않은 모퉁이 건물 하나가 눈에 들어왔다. 그 물건을 본 순간 나는 내가 거기에서 가게를 하는 이미지가 보였다. 이곳이다. 차를 옆에 세우고 그곳에 서 있는데 그때 안에서 사람이 나왔다. 그 사람은 얼마 전까지 그곳에서 개인 경영 회전초밥집을 했다고 한다. 1년을 못 채우고 문을 닫게 되어 정리하던 중이라고 했다. 나는 그 사람의 부정적인 분위기에 눈길도 주지 않고 관리회사 연락처를 물었다. 그 사람은 여기에서 장사하기가 힘들다고 동정하는 말투로 충고했지만, 나에게는 들리지 않았다.

마음은 거의 기울었지만 임대료가 이전 두 곳보다 비쌌다. 그 장소에서 가게를 차릴지 말지 이제 정해야 한다. 그 장소에서 하지 않으면 잘 안 되었을 때 꼭 그걸 변명으로 후회하리라 생각했다. 이제 결정할 수밖에 없다.

그렇게 결심하고도 내심 계약이 주저되었다. 그 임

대료를 내고 해나갈 수 있을까? 꾸물대고 있자니 중개사가 말했다. 사실은 그 물건을 고민하는 고객이 한 명 더 있습니다. 계약할게요. 이렇게 하여 나의 책방 공간이 정해졌다.

임대료는 계약할 때 조금 내렸다. 그 장소는 그때까지 음식점만 들어왔는데 어느 가게고 오래 가지 못해 자산 가치가 떨어졌기 때문이다. 뒤쪽 주차장과 2층 다락까지 포함하여 60평의 물건을 처음에 제시된 금액보다 3만 엔 싸게 빌렸다. 평당 5천 엔이 안 되는 27만 엔 + 소비세가 월세였다.

도서총판이라는 말을 알고 있다면 서점업계에 조금 밝은 분일지도 모르겠다. 총판이란 아주 간단히 말하자면 전국 출판사가 만든 책을 한곳에 모아 서점에 제공하는 유통사이다. 그렇게 해서 서점은 매입처를 간략화할 수 있다(실제로는 서점이 각 출판사에 직접 주문하는 경우도 많지만).

　　대표적으로 두 곳을 들 수 있는데 닛판(일본출판판매주식회사)과 도한(도쿄출판판매주식회사)이다. 그리고 그다음이 오사카야다. 그 외에 지방·소출판유통센터라는 지방의 소규모 출판사를 총괄하는 총판도 있다.

신규 서점이 총판과 계약할 때는 고액의 계약금을 내야 한다. 이것이 그대로 보증금이 되어 서점이 만에 하나 부도가 나서 문을 닫을 때의 보전금이 된다.

금전적 부담이 크기 때문에 신규 진출은 상당히 어렵다. 그로 인해 최근에는 새로운 시도를 하는 신규 유통사도 나타나고 있다.

내가 개점 준비를 하던 2003년경에는 새로운 업태의 총판이 너무 적어서 정면 돌파로 기존 총판과 교섭하러 갔다.

어디로 할지 고민할 때 가장 먼저 생각난 것이 오사카야였다. 왜 오사카야였냐면 유통사 선택으로 망설일 때 빌리지 뱅가드에 갔더니 뒤쪽에 오사카야 상자가 놓여 있었기 때문이다. 빌리지 뱅가드처럼 상품이 많은 서점을 담당하는 총판이라면 내가 생각하던 책방도 가능하겠다고 단순하게 생각했다.

곧 사업계획서 비슷한 것을 썼다. 비전은 명확하게 적었지만, 근거가 되는 수치 데이터는 비어 있었다. 완전히 희망 사항을 근거로 한 기획서였다. 무모하게도 나는 그것만 들고 오사카야 본사로 쳐들어갔다.

안내 데스크에서 이름을 말하고 응접실로 안내받았

는데 벽에는 커다란 액자가 걸려 있었다.

'새로운 일을 하자.'

나는 그 글귀를 본 순간 어쩌면 통과할지도 모르겠다고 생각했다. 나를 만나러 나온 개발부 사람들이 무척 정중하게 이야기를 들어 주었다. 그걸 기회 삼아 나는 기획서를 가리키며 진지한 얼굴로 허세를 곁들여 열변을 토했다. 이때 오사카야 담당자들이 나를 무시하며 내쫓았다면 의외로 '책방을 한다는 것' 자체를 간단히 포기했을지도 모른다. 이때의 오사카야 담당자들의 진심 어린 대응에는 지금도 정말 감사드린다.

최종적으로는 어떤 서점을 열든 우선 자금이 필요하다는 이야기에 도달했다. 당연한 일이다. 자금이 없으면 내가 아무리 열변을 토한다 한들 오사카야에서도 이야기를 진행할 수 없다. 나는 어느 정도 돈은 준비할 수 있으니 잘 부탁한다고 말하고 엘리베이터 앞에서 헤어졌다. 반응은 반반이었다.

이야기를 들어 준 사람 중 히라타라는 젊은 사원이 그 뒤로 가케쇼보 개업 때까지 나를 상대했다. 책방을 열 가게를 찾을 때도 히라타 씨에게 소상히 상담했다. 히라타 씨는 어떤 사사로운 일이든 다 들어 주었다. 주변의 서점 사정,

지역 리서치, 업계의 뒷소식까지.

드디어 마음에 드는 가게를 찾은 12월 어느 날 나는 근무하던 서점을 그만두고 개업 준비에 본격적으로 매달렸다.

총판과의 정식 계약에는 많은 첨부 서류가 필요했다. 호적등본과 주민표, 인감등록증에 도장. 나는 많은 서류에 사인했다. 그중에는 재판매가격유지 계약서도 있었다. 출판사가 정한 정가로 책을 판매해야 한다는 내용의 계약서다.

오사카야 교토지점에서 오사카야 직원 10여 명에게 둘러싸여 아침부터 미팅을 했다. 전체적으로는 환영 분위기였지만, 경험이 없고 무모한 점포 전략에 확인하고 싶은 항목이 많은 모양이었다. 그들을 설득하느라 허풍과 타협안을 섞어 가면서 이야기를 진행했다. 이른 아침부터 시작한 미팅은 한밤중에 되어서야 끝이 났다.

집으로 돌아와 컴퓨터로 책 검색 사이트를 열어 날이 샐 때까지 초기 재고 목록을 작성했다. 작성한 책 제목과 출판사는 전부 인쇄하여 오사카야에 팩스로 보냈다. 오사카야의 창고에도 가서 광대한 책장에서 책을 골랐다. 나는 처음부터 독립출판 책도 취급하려고 했다.★ 다른 책방에

★독립 출판 책은 일반 루트로 유통이 되지 않는다.

서 가끔 그런 책을 보면 사거나 몰래 휴대전화로 사진을 찍어 놓고 마음에 드는 발행처를 조사해 둔 덕에 곧바로 연락할 수 있었다.

잡화도 처음부터 취급할 생각이었다. 업자에게 매입하는 가공 상품이 아니라 무명작가가 만든 물건을 직접 매입하는 방법을 택했다.

처음에 나는 책장은 기성 제품을 사용하지 않고 책장이 아닌 가구를 응용하려고 했다. 그 아이디어를 히라타 씨에게 이야기하자 효율도 나쁘고 내구성이 없다며 반대했다. 책이란 쌓아 올리면 상상 이상으로 무거워지므로 일반 가재도구는 금방 나무가 내려앉아 버린다고 했다. 나는 내 방의 저렴한 책장이 변형된 것을 떠올리고 납득했다. 그리고 책방이라면 장사를 하기 위해서나 매력적인 가게를 꾸리기 위해서도 어느 정도 재고량을 갖추어야 하는데, 가재도구는 원래 책을 진열하기 위해 설계된 가구가 아니므로 실제로 책을 얼마 진열하지 못한다고 했다. 나는 제대로 된 책장으로 내부를 구성하기로 마음을 고쳐먹었다.

가게를 하려고 마음먹었을 때 인세로 생활하는 이들을 먼
저 생각했다. 그들은 자신의 센스나 재능을 상품으로 구현
하고 세상에 내놓아 그 대가나 평가로 임금을 창출한다. 즉
그 사람밖에 만들어 낼 수 없는 것에서 돈이 발생한다. 물
론 상품이 되기까지는 많은 사람과 회사를 경유하지만, 기
본이 되는 독창성은 작품을 만들어 낸 사람 개인에게 있다.
그것은 달리 대체하기 힘든 재산으로 대부호가 아무리 돈
을 내도 재능 자체는 살 수 없다. 어떤 개성을 흉내 낼 수는
있지만 어디까지나 형식을 흉내 낼 뿐 똑같이 응용할 수는
없다. 세상에 어느 하나 똑같은 개성은 존재하지 않는다.

아무리 애쓴다 한들 다른 사람이 될 수는 없다는 뜻이다. 이렇게 보면 그런 자신의 유일무이한 개성을 상품화해 지지를 받고 생활까지 하는 사람이란 인간의 형태를 한 기업이자 점포이기도 하지 않을까.

나는 우리 가게를 그런 가게로 만들려고 마음먹었다. 남이 흉내 내지 못하는 가게, 흉내를 엄두 내지 못할 만한 가게. 그런 가게를 만든다면, 그것을 지지하는 사람이 나타난다면, 자금이 풍부하고 재고도 많은 대형 서점이 옆에 들어선다 해도 우리 가게만의 유일무이한 개성을 아끼는 사람들의 발걸음으로 가게를 꾸려 갈 수 있다. 개성이 있으면서도 많은 이들에게 '지지받는' 가게가 필요하다.

가게 외장은 빗쿠리돈키라는 햄버거가게를 염두에 두었다. 이전에도 외벽에 커다란 고릴라 인형과 자동차 오브제 등을 설치한 점포를 본 적이 있지만, 빗쿠리돈키 햄버거가게는 거리에 '갑자기 유원지가 나타난 것 같은' 기이한 인상을 주었다. 그런 가게에 들어갈 때는 사회적 지위나 사상이나 패션조차 한순간에 무너지고 동심으로 돌아간 듯한 감각을 맛본다.

모퉁이에 자동차가 튀어나온 이미지는 처음부터 염두에 두고 있었다. 실내 디자인은 기존 서점보다 조금 어둡

게 하고, 개인이 운영하는 서점이기에 가능한 분위기를 내고 싶었다. 점포 디자이너를 하는 친척에게 부탁했다.

그녀는 내 상상보다 세련된 디자인을 보여 주었다. 검정색을 기본으로 하겠다는 나의 의향을 받아들여, 지인의 목공소에서 검은 목재로 된 책장을 주문하고, 되도록 돈이 들지 않도록 우리 집에 있던 오래된 가재도구를 계산대 뒤쪽 직원 공간에 재사용했다. 그녀에게서 참 많이 배웠다.

잡지 표지가 보이도록 진열하기 위한 붙박이 진열장은 책방의 꽃이다. 책방에 들어오면 바로 눈앞에 산뜻한 잡지가 죽 진열되어 있다. 한 권도 겹쳐 놓지 않고 검정 진열장을 마음껏 이용하여 대형 출판사 서적이건 독립 출판물이건 관계없이 같은 간격으로 진열했다. 처음에는 잡지가 밑으로 떨어지지 않도록 하거나, 손님의 눈높이에 맞추어 책장 선반을 정하기가 쉽지 않아 개업하고도 몇 번이나 개량을 했지만, 이 책장은 두고두고 자랑할 만한 독창적인 것이 되었다.

당시에는 어쨌든 눈에 띌 충격적인 인테리어만 생각했다. 예를 들어 튀어나온 자동차의 운전석과 조수석 등받이 머리 부분을 떼어 내고 거기에 마네킹의 목을 찔러 놓는다거나, 벽면 한쪽에 글자나 그림을 큼직하게 그려 놓거나,

거북하지만 특이한 공간을 만들려고 했다. 그럴 때마다 그녀는 냉정하게 딱지를 놓았다(그대로 했다면 금방 망했겠지). 하지만 자동차를 튀어나오게 하고 싶다는 나의 고집스러운 의견에는 그녀가 타협했다. 다만 가게 전면을 둘러싼 유리창에 자동차를 어떻게 설치할지가 문제였다. 방범면에서도 창이 너무 많아 불안했다. 셔터를 달기는 어려워 보였다. 그래서 어처구니없게도 벽을 만들자는 생각을 했다. 그녀에게 말하자 아니나 다를까 난색을 표했지만, 일주일 후 독일인지 어딘지의 건축가가 만든 벽을 제안했다. 큼직한 돌을 쌓아 올려 그 틈으로 빛이 들어오는 구조의 벽이었다. 나는 곧바로 그렇게 하자고 했다.

　그때 이미 책방 이름은 가케쇼보로 정했다. 예전에 미시마와 내가 가공의 출판사로 활동한 키워드이기도 했다. 책방 이름을 고민할 때 떠오른 게 바로 이 이름이다. 그리고 쇼보라는 이름은 책방 상호로 얼마나 안성맞춤인가! 이야기를 들은 미시마도 흔쾌히 승낙해 준 덕에 수월하게 가케쇼보가 부활했다. 당시 우연히 미시마가 가게 근처에 살고 있어서 조건이 여러 가지로 맞아떨어졌다. 돌을 사용한 벽 아이디어에서 절벽(가케)이라는 이미지가 연상된다. 가케쇼보라서 외벽을 절벽처럼 만들었냐는 질문을 많이 받았지만, 우연히 그렇게 된 것일 뿐 직접적인 연관은 없다.

외벽은 시공사 사람들이 우선 나무틀을 세워 철망을 씌우고 마지막에 돌을 안에 채웠다. 나는 그것을 보면서 이제 되돌릴 수 없겠다고 생각했다.

자동차는 아는 중고차 가게에 주문했다. 되도록 차체가 높은 경자동차. 차종으로 말하자면 탑포나 왜건R. 폐차될 차를 뒤졌다. 찾아 낸 탑포를 공장에서 두 동강으로 자르고 절단면에는 판자를 붙여 보내 왔다.

자동차에는 가게명이 아닌 비주얼 이미지로 가게의 존재를 기억해 주기를 바라는 의미와 바깥과의 접점이라는 의미를 담았다. 자동차 없이 외벽만 두면 진짜 벽으로 둘러싸인 외관이 형무소 같은 폐쇄적인 느낌을 준다. 반으로 자른 자동차라는 유머러스한 존재를 설치하여 책방 앞을 지나는 사람들이 한마디 하고 싶게 하는 애교스러운 부분이 되기를 바랐다.

우메코지 공원에서 열린 수공예 장터에서 알게 된 그래피티 디자이너에게 부탁하여 자동차 전체에 페인팅을 했다. 화려하면서도 보기에 따라서는 조금 무시무시한 이미지가 되었다.

책방 이름은 가케쇼보! 책방 이름이 될 운명이었다는 생각이 들었다.

　미시마는 사쿄구 구민으로 이 동네를 잘 아는 터라 내가 빌린 장소를 그리 탐탁지 않게 생각했다. 가게들이 오래 버틴 적이 없었기 때문이다. 가게 주변 분위기가 좀 침침하다고 충고했다. 하지만 지금까지 다른 가게들이 그랬거나 말거나 나에게는 가장 이상적인 장소였다.

　미시마의 집에 들러서 수도 없이 회의를 했다. 처음에는 종업원을 고용할 여유가 없으니 우리 형과 미시마가 돕기로 했다.

그리고 개업에 맞춰 『하이킨』을 다시 내기로 했다. 개업 전단지를 만드는 대신 최신호를 무료로 돌리기로 했다. 가케쇼보 손님이 될 법한 모델 타입 남녀의 방이나 책장, 일상을 탐방한 취재 사진 페이지를 만들어 우리 책방 이미지를 정착시키고자 했다. 나머지는 어떤 상품이 가게에 놓이게 될지를 알리기 위해 구체적인 상품명을 지면 여기저기에 끼워 넣었다.

표지는 이미 완성된 책방 외장 사진을 사용했다. 벽에서 튀어나온 화려한 자동차 꼭대기에 당시 세 살이던 우리 큰딸이 호빵맨 기타를 들고 앉아 있다. 뒷표지는 세 사람으로 변신한 딸이 인형을 안고 여러 가지 포즈로 가게 입구에 서 있는 사진을 썼다. 『하이킨』과는 별도로 우편 광고용 엽서도 만들었다. 여기에도 트레이드마크인 자동차가 사용되었다. 우편 광고 버전에는 당시 한 살 난 큰아들이 자동차 꼭대기에 덩그마니 앉아 있다. 막 문을 연 새로운 가게라는 점을 강조하고 싶었다.

개업일이 다가오면서 오사카야에서 날마다 포장된 책을 대량으로 보냈다. 그것을 보고 나도 모르게 웃음이 나왔다. 택배박스에 '가케쇼보 귀중'이라고 또렷하게 가게명이 인쇄되어 있었기 때문이다. 스물한 살 무책임한 우리가 한때 장난처럼 지은 이름이 이렇게 당당하게 대접을 받다니! 가케쇼보가 우리만의 암호에서 일반적인 키워드가 된 순간이기도 했다.

오픈하면서 발행처를 아는 독립 출판물도 주문했다. 잡화는 전혀 감이 잡히지를 않아 수공예 장터를 돌거나 사람들이 소개해 준 물건을 놓았는데, 결과적으로 유머러스하고 임팩트가 강한 것들만 모였다. 헌책만 놓는 코너도 만들었다. 모두 내가 갖고 있던 책들인데 개그맨 책을 중심으로 한 엉뚱한 책들뿐이었다. 벼룩시장에서 운 좋게 많이 사들인 추억의 보드 게임 코너도 만들었다.

판매 전략은 책 말고 한 가지 더 있었다. 음악을 메인 상품으로 한다. 책방으로서는 드물게 대량의 음반 재고를 매입했다. 나는 가케쇼보가 음반가게 기능도 하기를 바랐다. 흔히 말하는 인기 순위 음반은 놓지 않고 어디까지나 내 취향이 반 이상인 상품들이었다.

당시 앨범은 여전히 그 가치가 어느 정도 유지되고 있었다. 컴퓨터는 이미 보급되어서 시디 굽기는 가능했지만, 음원 출원은 음반이 주류였다. 무료로 음원을 들을 수 있는 유튜브 같은 사이트가 아직 존재하지 않았다. 카피 컨트롤 시디도 그즈음 나오기 시작했는데 역시 구입한 음반에서 복제를 방지하기 위한 것이었다.

　나는 음반을 많이 팔기 위해 한 가지를 고안했다. 스탬프 카드 같은 흔한 방법은 가게 운영면에서나 개인적으로나 별로 내키지 않아, 음반을 두 장 이상 구입한 손님에게 내가 좋아하는 곡들을 넣어 구운 앨범을 선물하기로 했다. 가케쇼보의 음반 선별 기준을 보여 주는 의미도 담아 열 종을 제작했다.

　그 음반은 가케시디라 불리며, 그 안에 들어 있는 뮤지션이나 노래가 들어 있는 앨범이 다시 팔리는 효과를 낳았다.

개업일은 2004년 2월 13일 금요일로 정했다. 하루 늦추면 밸런타인데이니까 괴짜인 나는 13일의 금요일로 했다.

일하던 신간서점을 그만둔 지 두 달밖에 지나지 않았다. 아직 추웠다. 난로도 켜지 않고 옷을 두껍게 입고 장갑을 낀 채 대량의 만화책을 비닐로 싸고 음반에 방범 태그를 붙였다. 지나가는 사람들이 '도대체 무슨 가게가 생길까?' 하는 얼굴로 살피며 기웃거렸다. 설마 서점이라고는 생각하지 못했을 거다.

그때 불쑥 아기를 안고 들어온 사람이 있었다. 새빨간 코트에 모히칸 머리를 했다. 굵직하지만 잘 울리는 목소리다. 위험한 손님이 들어온 줄 알고 신변의 위험을 느꼈다. 모히칸이 대뜸 반말로 "언제 오픈하지?" 하고 말을 걸어왔다. 몸이 움츠러들었지만 태연한 척하며 개업일을 알려 주었다. 그러자 모히칸의 얼굴이 밝아지면서 잘 알았다고 하며 나갔다. 사쿄구라는 지역의 세례를 받은 것 같은 기분이었다. 이 동네는 학생들이 많이 사는데 졸업을 하고도 그대로 자리 잡은 것 같은 뮤지션, 학자, 히피, 혁명가, 무엇을 하는지 알 수 없는 사람 등 자유로운 이들이 예사롭게 지나다니는 지역이기도 하다. 넥타이를 맨 사람은 별로 보지 못했다. 아, 나는 이처럼 사회에서 낙오자가 되기를 선택한 듯한 사람들을 상대하면서 장사해 가야겠구나 싶어 혼자 기묘한 결의를 다졌다.

내게는 아직 근처 서점 점주들과 만나 얼굴 익히기라는 최종 면접이 남아 있었다. 지금도 그때의 풍습이 남아 있는지 모르겠지만, 나는 오사카야 담당자에게 근처 서점 몇 군데에서 어떤 가게를 할지 설명을 듣고 싶으니 자리를 한번 만들어 달라고 하더라는 소리를 들었다. 나는 두 서점 점주들과 아직 개업 전인 가케쇼보에서 만났다. 한 곳은 가장 가까이 있던 24시간 영업이 영업 전략인 마루야마 서점. 또 한 곳은 아동서가 전문인 기린칸이라는 서점. 두 서점에서 가장 궁금해한 점은 신참이 자신들의 상권을 침범하지는 않는가 하는 부분이었다. 나는 그들이 뭐라고 하든 의연하게 주장해야 한다고 생각했다. 가케쇼보에 나타난 두 사람은 무척 상냥했다. 오히려 나를 격려해 주었다. 나도 두 분과 경쟁할 생각이 없고 아마 하지 않을 거라고 대답했다. 실제로 그럴 마음이 없었고 손님도 겹치지 않았다. 하지만 두 점포 모두 가케쇼보가 5년째 될 즈음에는 문을 닫고 말았다.

개업 전날 밤 잠자리에서 내일이면 다른 인생이 시작되겠지 생각했다. 가출하기 전날 밤과 같은 가슴 벅참과 불안, 결의가 있었다. 나는 이 가게를 평생 하자고 마음먹으며 잠이 들었다.

당일은 화창했던 것 같다. 그래도 2월의 무척 추운 날이었다. 이를 닦으면서 몇 시간 후 개업을 맞이할 때의 자신을 상상했다.

가게로 향하는 길을 자동차로 달리면서 앞으로 매일 달릴 길인데 조금 먼 통근길이 되겠다고 생각했다. 자동차로 30분 걸리는 거리는 지금까지 일한 곳 중 가장 멀었다.

가게에는 히라타 씨를 비롯한 오사카야 사람들, 미시마, 형, 아내, 아이들, 어머니까지 모여 일을 도왔다. 점포를 디자인한 친척 디자이너, 공사를 책임진 시공사, 도서 총판을 통해 개업을 안 교토신문사에서 꽃이 배달되었다. 서가에는 책이 빼곡히 진열되어 있다. 드디어 가게를 시작한다는 분위기가 여지없이 감돈다. 정말 이제 물러날 수도 없다.

개업 시간 15분을 남기고 동전을 준비하지 못한 것을 깨달았다. 안절부절못했다. 두둑한 지폐를 집어 들고 은행으로 내달렸다. 새하얗게 질렸다. 첫날부터 이래서야 하면서 달렸다.

숨을 헐떡이며 손에서 삐져나올 것 같은 동전 꾸러미를 양손 가득 감싸 안고 돌아왔더니 가게는 개점했다.

서둘러 계산대에 들어간다. 손님들에게 "어서 오세요"라는 인사를 꼭 하려고 마음먹었다. 특이한 책방일수록 무덤덤하게 인사하지 않는 곳이 많지만, 그런 곳과 차별을 두자는 의미에서도 제대로 인사하기로 했다. 방범상으로도 그러는 편이 좋겠다고 생각했다. 내가 "어서 오세요" 하고 말하면 개업을 돕던 모두가 따라서 복창한다. 그래도 생각보다 손님이 들지 않는다. 모두가 입구를 보고 있다. 내가 구운 가케시디의 곡만이 공허하게 흐른다. 한 바퀴 돌더니 바로 나가는 손님이 신경 쓰여 어찌할 줄 모르겠다. 벌써 이 가게는 글른 것 아닌가 초조해지기 시작했다(이때 기분이 지금도 나에게 들러붙어 새로 개점한 가게에서 가족이 모두 나와 밝은 표정으로 열심히 손님을 응대하거나 모두가 전단지를 나눠 주는 광경을 목격하면 그 당시 우리 생각이 나서 가슴이 먹먹하다).

가장 먼저 책을 산 손님은 교토신문사 사람이었다. 그때부터 계산대가 조금씩 움직였다. 근처 서점주들도 와서 구입해 주었다. 나는 계산기를 두드리면서 지금까지 해 온 일들이 여러 곳에서 보상받는 걸 느꼈다. 계산기 입력법, 돈 관리 방법, 손님 다루는 법, 영업일지 적는 법 등은 내가 헌책방과 신간서점, 그 밖의 많은 아르바이트에서 익힌 것이었다.

그날 곧바로 첫 인터뷰를 했다. 교토에서 오랫동안 계속해 온 프리페이퍼인데 가게의 기이한 외관을 보고 개점 전부터 흥미를 가졌던 모양이다. 난생처음 한 인터뷰를 어떤 심정으로 했는지 별다른 기억이 없다. 지금 그때 프리페이퍼를 보면 답답하리만치 주장이 강하다.

그날의 매출액은 당초 목표에는 당연히 미치지 못했다. 그때껏 직접 가게를 경영한 적이 없었으므로 기준 매출액을 알지 못했다. 나는 지금까지 일한 가게의 매출액을 보고 마음대로 상정했다.

　그로부터 얼마 지나지 않아서 그런 매출액이 나올 리
가 없음을 깨달았다.

개업 전에 나눠 준 가케쇼보 전단지에 판매 상품 모집 광고
를 실었더니 개업 날부터 신청자가 찾아왔다. 미시시피라
고 하는 화가인데 자신이 그린 그림을 티셔츠에 프린트해
왔다. 아무런 준비도 하지 않은 나는 모집한다고 한 주제에
어떻게 대응해야 할지 몰라 즉석에서 미시마와 의논했다.
미시마가 생각하는 사이에 내가 미시시피와 이야기를 나
누며 시간을 벌었다. 나와 동갑으로 역시나 전단지를 보고
판매하러 왔다고 한다. 갈팡질팡하는 우리가 한심했는지
미시시피는 납품서 쓰는 법, 매입원가율 시세, 정산 시기
등을 찬찬히 가르쳐 주었다. 고맙게도 손님이 선생이 되기

도 한다. 나는 첫손님이 좋은 사람이어서 다행이라고 안이하게 생각했다. 하지만 돌아갈 때 보였던 미시시피의 '이곳 괜찮을까?' 하는 불안한 눈빛이 지금도 잊히지 않는다.

문을 열고 얼마 동안은 물건을 산 손님 모두에게 티롤 초콜릿 한 개를 덤으로 주었다. 밸런타인 기간이기도 했지만 초콜릿 하나로 사람 마음을 사려는 치사한 마음에서다.

그런 뻔하고 치사한 인격 탓인지 손님이 갈수록 줄어들었다. 들어와도 아무것도 사지 않고 나간다. 이럴 리가 없다며 의기소침했다. 같은 시간에 다른 책방에 가 보니 사람이 많아서 또 의기소침해졌다.

"우선 확실한 매출을 올릴 수 있는 일반적으로 잘 팔리는 상품을 충분히 들여놓은 다음 자신의 취향이 깃든 진열칸을 만들어 보면 어떨까요?" 오사카야의 제안을 우리는 처음부터 도입했다. 『주간 소년 점프』와 『간사이 워커』, 『JJ』 등 당시 일반적으로 잘 팔리던 잡지를 진열했다. 하지만 역효과였다. 어느 날 형이 인터넷 게시판에 가케쇼보에 관한 내용이 있다고 알려 주었다. 거기에는 취급하는 상품이 평범하다고 씌어 있었다. 특이한 인테리어로 기대치를 한껏 높이고는 안에 들어가면 어디서나 볼 수 있는 잡지가 눈에 들어온다. 이도 저도 아닌 취향이 손님들 흥미를 떨어뜨리는 결과가 되었다. 게시글을 본 나는 그런 상품을 당장 모두 반품했다. 그리고 가게를 한다는 것은 현대에는 '인터넷 품평의 대상'이 된다는 걸 몸소 알았다.

하지만 그 후에도 매출은 좀처럼 오르지 않았다. 잠자리에 들 때면 아침이 오는 게 두려웠다. 아침이 되면 가게를 시작한 것이 꿈이라면 좋겠다고 몇 번이나 생각했다. 어쩌면 좋을지 알 수 없었다. 개업한 지 2개월이 지나고 내 마음은 한계에 달했다. 돈은 이제 거의 남아 있지 않았다. 하지만 결제해야 할 청구서 날짜는 점점 다가온다. 여태껏 내가 본 적도 없는 거액이다. 계절은 겨울에서 봄으로 바뀌었다. 가케쇼보에서 조금 남쪽으로 가면 나오는 철학의 길★에는 벚꽃이 흐드러지게 피었다. 벚꽃을 보기 위해 아내와 아이들이 근처까지 왔다. 미시마에게 계산대를 잠깐 맡기고 가게를 빠져나온 나는 천진난만하게 벚꽃을 보며 떠들어 대는 아이들의 손을 잡으며 절망적인 기분이 되었다. 벚꽃의 화사한 빛깔이 내 마음과 대조되어 안타깝기만 했다.

그런 어느 날 가게 에어컨이 고장 났다. 임대 건물은 지은 지 벌써 10년 이상 지났고 따라서 에어컨도 10년도 더 된 물건이었다. 임대 조건에 에어컨 수리비는 빌린 사람이 부담한다는 항목이 있었다. 무지했던 나는 에어컨 수리

★작은 수로를 따라 난 산책로로 전국적으로 유명한 벚꽃 명소이다.

비용 따위 대수롭지 않게 여기고 빨리 계약을 하고 싶어서 조건을 받아들이고 말았다. 개점 시간 전에 에어컨 수리점에 연락해서 보여 주니 에어컨 자체를 바꾸어야 할 상태라고 했다. 나는 금액을 듣고 망연자실했다. 내가 생각한 금액은 어디까지나 가정용이고 업무용 에어컨은 상상도 못할 정도로 비쌌다. 그즈음 준비한 돈이 바닥을 보이려고 했다. 나는 수리점 사람들을 남겨 놓고 혼자서 2층으로 올라갔다. 아내에게 의논하려고 전화를 걸었다. 전화 너머에서 아내는 아이들을 돌보느라 정신이 없었다. 내가 에어컨 얘기를 하자 지금 그걸 생각할 겨를이 없다는 듯 전화가 끊겼다. 화낼 기력조차 없었다. 나는 2층 바닥에 대자로 뻗어 버리고 말았다. 이제 다 끝장이다. 아버지가 남긴 돈을 헛되이 탕진한 것을 아버지께 사죄드렸다.

그때 전화가 걸려 왔다. 아내였다. 아내는 침착한 목소리로 조금 전 일을 사과하며 나에게 무슨 일 있어도 괜찮으니 할 만큼 해 보라고 말했다. 전화를 끊고 나서 오랜만에 울었다. 할머니와 아버지가 돌아가셨을 때도 울지 않았다. 생각해 보니 초등학교 2학년 이후 처음 흘리는 눈물이었다. 그 눈물은 내가 진정으로 무언가에 매달린 증거 같은 것이었을 게다.

도와주던 형이나 미시마도 조금씩 일할 마음을 잃고 있었다. 이런 상태로는 곤란하다. 일하는 사람의 마음은 곧바로 가게에 반영된다. 나는 생판 모르는 다른 사람을 직원으로 들여야겠다고 마음먹었다. 직원을 고용할 여유는 전혀 없었다. 어떻게든 해야겠다는 마음만으로 매일 가게에 나갔다. 딱 잘라 말해 이제 누구든 좋으니 도와줄 사람이 필요했다.

가게에 직원 모집 전단지를 붙이자 많은 사람이 응모했다. 뜻밖이라서 기뻤다. 그중에서 서점 경험자로 가장 예의 바른 여성을 채용하기로 했다. 그녀는 개업 전 인사를 나눈 마루야마 서점에서 일했다. 워드와 엑셀도 다룰 줄 알아서 우선 손님들의 주문서를 만들게 했다. 그녀가 만들기 쉽도록 마루야마 서점과 똑같은 양식으로 이름만 가케쇼보로 바꾸었다.

내 감대로 헤매던 여러 가지를 그녀에게 상담했다. 든든하지 못한 주인장을 그녀는 조금씩 불안해하는 것 같았다. 시키면 완벽하게 해내는 사람이었지만, 즉흥적인 게 서툴러서 광고판을 만들라고 부탁하니 손을 멈추고 계속 고민하고 있었다. 그러던 어느 날 가게를 그만두고 싶다고 했다. 고용한 지 일주일 만의 일이다. 다 내 탓이었다.

불안한 마음으로 아침을 맞는다. 아침은 어김없이 매일 찾아오지만 가게는 일단 계속할 수밖에 없다. 스스로 시작한 일에 처음으로 사회의 엄격하고도 거친 바람을 온 몸으로 맞았다. 인간 한 사람이 가진 수용 능력의 한계를 몸으로 깨달았다.

　나는 역시 함께 가게를 만들어 갈 동료가 필요하다는 생각에 직접 스카우트해 보기로 결심했다.

　어느 날 밤 젊은이 몇 명이 와서 놓여 있는 상품을 이것저것 보면서 좋아했다. 그중 한 남자가 계산하러 계산대에 왔을 때 나는 무심히 물었다. 지금 무얼 하면서 지내고 있는지. 그는 대학을 나와 아르바이트를 했는데 지금은 특별히 아무것도 하지 않는다고 했다. 무심히 더 캐물었다. 어떤 사람인지 알고 싶었다. 말하기 편한 부드러운 분위기다. 그때 가게에서 흘러나온 다나베 마모루의 노래도 알고 있었다. 조금 전까지 친구들과 다나베 노래에 대해 이야기하고 있었다고 한다. 슬쩍 말을 던져 보았다. 지금 아르바이트 할 사람을 찾는다고. 그는 갑작스러운 스카우트에 놀란 것 같았다. 하지만 싫은 것 같지는 않다. 오히려 기뻐하는 듯했다. 조금 생각할 시간이 필요하다면서 그날은 일단 돌아갔다.

그 다음날이나 다음다음날이었을 것이다. 책을 주문한 여성이 있었다. 가케쇼보에서는 평소에 잘 놓아 두지 않을 책을 주문했다. 그녀는 개성이 넘쳤는데 이 사람이 있으면 재미있는 가게가 되겠다는 직감이 들었다. 나는 주문을 받으면서 스카우트 제의를 했다. 그녀도 망설였지만 기뻐했다. 다른 곳에서도 아르바이트를 하고 있으므로 나중에 알려 주겠다며 돌아갔다.

그로부터 얼마 지나지 않아 가케쇼보에서 두 사람이 일을 하기 시작했다. 남자는 우메노, 여자는 기타무라. 나는 그들의 경력이나 지식은 별로 상관하지 않고 채용했다.

채용 조건은 분위기 단 하나. 광적인 지식 따위 필요 없다. 서점원으로서 경험도 필요 없다. 그런 건 새로운 가게를 하는 데 방해가 된다. 지식이나 경험은 현장에서 나중에 얼마든지 익힐 수 있다. 필요한 것은 가게와의 궁합이고 느낌이며 최종적으로는 인간성이다.

그들은 나에게 없는 것을 충분하게 갖추었다. 오히려 정반대였다. 나의 남성적인 가게 개성을 중성적이고 부드러운 것으로 변화시켰다. 나 혼자서는 들이지 않았을 상품이나 잘 알지 못하는 세계를 가게에 끌어들였다.

나도 가게가 조금씩 변하는 것을 느꼈다. 그에 감화되어 내 상품 선별도 바뀌었다. 초창기에 놓았던 너무 튀는 것들은 빼고, 좀 더 겉멋이 빠지고 생활감 있는 상품을 늘리고 가게 안에 있던 여러 특수 장치도 제거했다. 외관의 자동차 문양도 밝고 화사한 것으로 조금씩 변화시켰다.

우메노와 알게 되어 충격이었던 것은 이야기를 나누다 그가 자연스럽게 자신이 부족한 인간이라고 말한 일이었다. 남자로 태어나 자라면서 그때까지 약한 소리는 셀 수 없을 만큼 했지만, 남자 대 남자로 얼굴을 마주하고 자신이 부족한 인간이라고 털어놓을 용기는 없었다. 약점이 될 만한 말은 항상 삼키면서 외면해 왔다. 하지만 아주 자연스럽게 그걸 말할 수 있는 그에게 나는 무언가 가르침을 받은 느낌이었다. 앞으로 나도 그렇게 살겠다는 게 아니라, 이런 자연스러운 사고를 가진 남성이 지금 사회에 분명히 존재한다는 사실을 깨달은 것이다.

우메노는 암기력이 출중하여 정보 수집을 꼼꼼하게 하는 사람이다. 그 재능을 가게에서 일할 때도 한껏 발휘했다. 내가 가게에서 인사를 주고받은 사람이나 비교적 자주 오는 손님의 얼굴이나 이름을 기억하지 못하면 항상 살짝 귀띔해 주었다. 이야기를 주고받은 나도 잊어버렸는데 옆에서 보기만 했던 우메노는 기억했다. 나와 달리 깨끗한 걸 좋아하는 부분에서도 큰 도움이 되었다.

기타무라는 손끝이 야문 사람이었다. 가케쇼보의 수제 진열장이나 비품류 등을 그녀가 만들었다. 그중에서도 지우개 도장이 일품이었다. 그 수제 도장을 가게에서 많이 사용했다. 또 칠판, 포스트, 앤티크 전화 등 희한한 소품을 가져와 실내를 꾸몄다. 기동력이 기타무라의 장점이었는데, 내가 외출하거나 쉴 때 부탁해 놓으면 귀찮은 업무도 대부분 말끔하게 처리했다.

우메노가 스스로 일을 찾아 자신만의 페이스로 가게를 개선해 가는 타입이라면, 기타무라는 주어진 일을 끈질

기고 빠르게 해내는 타입이었다.

가케쇼보가 두 사람 덕에 나아지기 시작하고 얼마 뒤, 개업 첫날 티셔츠를 납품한 미시시피에게 이끌려 도키라는 개성적인 이름의 여성이 가게를 찾아왔다. 그즈음 가게에서 일할 사람을 한 사람 더 구하던 나는 그녀의 분위기를 보고 스카우트했다.

도키는 취향이 확고하고 다른 두 사람과는 또 다른 개성이 있었다. 원래 패션 센스가 뛰어나서, 가케쇼보의 잡화 부문을 맡겨서 강화해 볼 생각이었다.

도키는 총명한 사람이다. 내가 출장으로 가게에 없을 때 어떤 상품을 둘러싸고 손님이 클레임을 걸었다. 내 판단 실수로 놓은 상품이었다. 그때 가게에 있던 도키가 손님의 클레임을 처리했다. 아무리 생각해도 가게 잘못이건만 무슨 재주를 부렸는지 도키의 센스로 손님은 웃으면서 다른 물건까지 사서 돌아갔다.

이 세 명의 은인들 덕에 가케쇼보는 제대로 출발할 수 있었다. 그들이 나타나지 않았더라면 가게는 석 달 만에 망했을 테고 나는 이 책을 쓰지 못했을 것이다.

구세주들이 나타나 가케쇼보도 드디어 자리를 잡았다. 그때까지 내 취향대로 상품을 구성하던 나 자신도 백팔십도 달라져, 우선 실제로 가게를 찾은 사람들이 반길 만한 품목들로 채우는 데 전념했다. 전날 팔린 책을 체크하고, 손님들의 문의를 해결하고, 근처 가게 경향을 알아보고, 스태프에게 내가 알지 못했던 정보를 수집한다. 나는 이 거리의 분위기를 파악하는 것을 놓치고 있었다. 손님과 상품으로 대화하는 것을 잊고 있었다.

손님들한테 돈을 받고 가게를 계속 운영하기 위해서는 줄다리기가 필요하다. 손님이 당기는 것이 바로 수요다.

그리고 가게가 당기는 것은 제안이다. 줄다리기는 줄다리기여도 너무 잡아당기다가는 가게를 지탱하는 '일반' 손님 절대수를 잃는다. 반대로 너무 많이 끌려가면 가게의 정체성이 흔들린다. 살짝 끌려가 보기도 하고, 이따금 확 당겨 보기도 한다. 그 힘 조절이 최종적으로 손님이 느끼는 가게의 매력이 되고 점주 입장에서는 가게를 경영하는 묘미가 된다.

가게는 시작보다 지속이 압도적으로 어렵다. 운 좋게 개점 자금을 준비한다 해도 돈이란 금방 없어져 버린다. 얼마나 궁리하여 운영 자금을 회전시킬지가 그 사람의 진짜 역량이다.

특히 개인 가게는 점주의 마음이 약해지면 바로 끝이다. 잠시 안정된 매출을 올린다 해도 점주의 동기 부여가 없어지면 순식간에 끝을 맞이하기도 한다. 처음부터 아무것도 없이 자기 의지 하나 믿고 맨 손으로 시작한 일이므로 누구도 말릴 수 없고 누가 매출을 올려 주는 일도 거의 없다.

가게를 지속한다는 것은 결승점이 없는 마라톤과 같다. 달릴수록 쾌감을 느낄 때처럼 기분 좋을 때도 있고, 괴롭고 괴로워서 견딜 수 없을 때도 있다. 이런 때 세상의 점주들은 어떻게 할까? 우선 의기소침해지겠지. 그리고 자포자기할 것이다. 누군가에게 안겨 울지도 모른다. 술집에서 난동을 부릴지도 모른다. 나는 처음 3년 동안 계산기를 두 대나 때려 부쉈다.

그러나 그런 시간을 한차례 보내고 나서도 현실은 전혀 바뀌지 않는다. 선택지는 두 가지다. 달릴지, 코스에서 포기할지. 그럴 때 포기가 편한 방법처럼 보인다. 자존심도 잠시 내려놓고 뒷일도 잠깐 어딘가에 놓아두고 일단은 고뇌에서 도망치고 싶은 기분에 휩싸인다.

그럼에도 달리기를 선택하는 점주가 있다. 달리지 않으면 안 되는 점주도 있다. 다시 달리기 위한 기력과 체력을 점검하고 지금까지와 다르게 달리는 법을 궁리하고, 달리는 코스 변경을 시도하는 점주들.

고생한 끝에 보이는 걸까, 마음을 달리 먹어서 보이는 걸까. 해 보고 나서 그만두려는 마지막 몸부림, 불특정다수의 누군가에 대한 의지, 한번 내건 간판에 대한 자부심. 그것들이 지금까지의 자신과 앞으로의 자신을 마주 보게 한다. 점주들은 그 위험들과 계속 맞닥뜨릴 것이다. 바로 그렇게 '지속하는' 것이 업무일지도 모르겠다.

내 가게를 갖는다는 것은 나아갈지 물러날지를 포함

한 모든 것을 스스로 결정하는 일이다. 상호는 물론이고 이미지, 상품 선별, 돈 관리법, 종업원 간의 규칙, 서류 양식, 트러블 처리 등 아침부터 밤까지 크고 작은 일들을 선택해야 한다.

우물쭈물하다가는 처리해야 할 선택지 속에 파묻히고 만다. 그래서 그런 생활을 하는 사이 나는 일상생활에서도 어떤 일을 선택하는 속도가 점점 빨라졌다. 원래 우유부단한 편은 아니었는지 모르겠지만, 메일 답장이든 무엇이든 날마다 쌓이기만 하므로 눈에 보이는 대로 처리한다.

하지만 일부러 곧바로 결단하지 않는 일도 있는 법이다. 나는 그런 일들을 양치를 하거나 화장실에 가거나 목욕을 할 때처럼 내버려 두어도 몸이 움직이는 시간에 곰곰이 생각했다. 일상생활 속에서 따분함을 느끼는 머리는 멍하니 있는 것 같으면서 그렇지 않다. 오히려 무언가를 생각하기 시작한다. 그럴 때 숙제로 남은 상념의 일을 끄집어낸다. 나는 그럴 때 가장 멍하니 집중한다. 몸은 쉬고 뇌는 집중하는 상태.

그런 시간에 여러 아이디어가 탄생했다. 때로는 잊고 있던 일을 생각해 내기도 했다.

가케쇼보에서는 다양한 판매법을 시험했다. 먼저 손님 스스로 추천하는 선전 문구를 써서 가게 앞에 늘어놓는 판매법. 가게 안에 작은 박스를 설치하고 그 옆에 응모 용지와 펜을 몇 종류 준비해 둔다. 응모 용지는 중앙에 칼선을 넣고 윗부분은 백지다. 여기에는 손님이 추천하는 메시지를 자신만의 색상과 레이아웃으로 직접 작성한다. 아래쪽에는 책이름, 저자, 출판사(안다면)와 자신의 이름, 주소, 전화번호를 쓰는 칸이 있다. 상자를 확인하고 용지가 들어 있으면 우리는 그에 따라 주문을 넣는다. 며칠 지나 책이 들어오면 응모용지의 윗부분을 잘라내 책과 함께 손님이 쓴 선전 문구를 진열한다. 다섯 권 팔리면 가케시디를 선물하기도 했다.

　꽤 괜찮은 아이디어지만 힘든 점도 있었다. 일단 쓰는 사람이 생각보다 적다. 쓰는 사람은 항상 정해져 있다. 진열되는 책이 한 장르로 치우치게 된다는 뜻이다. 가끔 위험 부담이 큰 반품이 불가능하고 비싼 책도 추천이 들어온다. 이 부분은 사전에 주의사항을 써서 어찌어찌 대응했지만, 그 코너는 어느새 가게 안에서 가장 움직임이 나쁜 진열장이 되어 자연스럽게 소멸했다.

　잡지를 표지가 아닌 속 내용을 먼저 보여 주고 판매하는 시도도 했다. 가케쇼보의 자랑이기도 한 입구 바로 앞 잡지 코너에 한 종류씩 평면 진열하는데, 잡지를 겹쳐 둘 수 있는 폭은 세 권이 한계다. 폭이 한정되는 이유는 한 단마다 선반 아랫부분에 U자 형태의 미끄럼방지 나무틀이 있기 때문이다. 선반 각도가 비스듬해서 당연히 일반적으로 잡지를 겹쳐 놓으면 미끄러져 떨어진다. 잡지를 받치기 위해 존재하는 U자다. 나는 그 점에 착안했다. 잡지를 펼친 상태로 U자 부분에 걸면 표지대신 내용이 보이도록 전시할 수 있다.

　잡지는 주로 습관적으로 산다. 고객은 항상 사는 잡지

나 흥미 있는 장르의 잡지 코너로 곧장 가서 익숙한 잡지를 집어 든다. 거기에는 제목과 표지만으로 판별하는 행동학이 있다. 잡지는 말 그대로 잡다한 기록이다. 무언가에 특화된 전문지가 아닌 한 잡지에는 여러 장르가 실려 있다. 평소에는 안테나에 전혀 잡히지 않는 패션지를 열어 보면 최근 흥미가 생긴 사상가의 인터뷰가 실려 있거나, 육아 잡지 속에 전부터 좋아하던 사진가 특집이 있을지도 모른다.

나는 보편적인 이미지로는 미치기 힘든 색다른 분위기의 페이지를 일부러 선택하여 잡지란에 걸쳐서 진열했다. 흥미로운 특집의 잡지라고 생각하고 집어 들면 지금까지 존재는 알고 있었지만 한번도 펼쳐 본 적 없던 잡지임을 깨닫는다. 이런 내용도 실리는 잡지구나 생각했을 때 그 손님의 잡지 선택지는 한층 늘어난다. 내가 하고 싶었던 것은 그러한 일이다. 하지만 이런 진열은 자리를 차지했다. 보통 네 가지를 늘어놓을 수 있는 진열장에 두 배의 공간을 사용하므로 두 가지 잡지밖에 놓을 수 없다. 게다가 손님은 보고 난 후 원래 어느 페이지가 펼쳐져 있었는지 일일이 기억하지 못하고 만약 기억한다고 해도 원래대로 펼쳐 놓지 않는다. 그래서 이것도 자연히 소멸했다.

그리고 그냥 반품하지 못하는 책의 가치관을 바꿔 보

았다. 출판사 중에는 그 출판사의 영업부에 연락하여 반품해도 되는지 승낙을 받아야 하는 곳이 몇 군데 있다. 전화로 바로 승낙을 받을 수 있는 곳은 문제없지만 팩스를 보내 답변이 돌아올 때까지 반품하지 못하는 출판사도 있다. 그러한 출판사의 책은 팩스를 보낸 후 보통 '고양이 상자'에 놓인다. 만화 같은 데서 가끔 보는 '이 아기고양이들을 키워 주세요'처럼 동정을 부르는 상자의 원리다. 자그마하고 바닥이 얕은 상자에 천을 깔고 거기에 승낙 대기 중인 책들을 무심히 둔다. 그 상자에는 '이제 곧 반품되는 책들입니다. 이 책들을 사 주십시오'라고 쓴 종이를 붙인다. 상자는 물론 바닥에 놓는다. 이것이 꽤 팔렸다. 책 자체의 존재가 부각된 이유도 크지만, 반품된다는 메시지가 마음에 걸려 구해 준 손님이 있었는지도 모른다. 이것은 한참 나중까지 계속되었다.

가게 안 임대 책장은 가케쇼보의 또 다른 커다란 특징이다.

개업하고 얼마 되지 않을 때 한 중년 남성이 내 재고를 진열한 가게 안 헌책 코너를 보더니 괜찮다면 자신이 가진 헌책을 함께 놓아 달라고 갑작스럽게 제안했다. 그 사람, 야마모토 요시유키 씨는 헌책 관련 책을 몇 권 쓴 사람으로 야마모토 씨의 오랜 벗이자 마찬가지로 헌책 글을 쓰는 오카자키 다케시 씨가 도쿄의 일반 서점에서 이미 자신의 헌책 진열장을 선보이고 있다고 했다. 야마모토 씨는 우리 책방 바로 근처에 살고 있었다. 헌책 코너를 만들기는 했지만 재고 관리가 힘들어서 매입은 하지 않았다. 그래서 이 제안은 아주 매력적이었다. 미리 선별된 헌책이 정기적으로 입하된다. 나는 한 가지만 부탁했다. 절판된 책만 취급하겠다. 지금도 유통되는 책이 헌책 코너에 놓이면 의미 없는 할인 진열장이 되어 신간 판매에도 영향을 끼친다.

나는 지금은 구할 수 없는 책, 신간에서는 볼 수 없는 저자의 책 등 부가가치가 있는 상품을 가게에 두고 싶었다. 가격은 되도록 사기 쉬운 현실적인 금액이어야 한다. 책장 임대료 없이 팔린 책의 30퍼센트를 수수료로 받기로 했다. 헌책이 팔려야 비로소 돈이 발생하는 구조다.

야마모토 씨가 가져온 책은 가케쇼보의 재고에 깊이와 폭을 가져다주었다. 손님은 두 종류로 나뉜다. 신간만 사는 사람, 헌책만 사는 사람. 헌책을 놓는다는 것은 후자가 가게에 오는 동기가 되며 무엇보다 신간과 달리 팔릴 때까지 청구가 발생하지 않으므로 신간에서는 매입을 주저하게 되는 장르 책이나 다소 고가의 책도 장기간 놓아둘 수 있다. 또 자신이 전혀 알지 못했던 곳에서 선별된 책이라 그 사람의 인생관이나 캐릭터에 따른 책들이 진열되어 재미가 있었다.

야마모토 씨와는 한큐백화점의 한 코너를 빌려 '야마모토 요시유키의 세계'라는 헌책 전시 판매회를 연 적도 있다. 그때 나는 야마모토 씨에게 '헌책 소믈리에'라는 별명을 붙여 주었다. 그 별명이 당신도 마음에 들었는지 지금도 사용하고 있는 모양이다.

야마모토 씨 코너가 인기를 얻자 자신도 참여하고 싶다며 책장을 빌리려는 희망자가 계속 나타났다. 나는 가케쇼보의 특색을 이해하는 사람, 독자적 재고를 가진 사람에게 먼저 부탁했다. 헌책 전문서점이나 인터넷 고서점 같은 프로가 아닌 헌책을 좋아하는 평범한 사람이 많았다. 학교 선생님, 뮤지션, 사진가, 골동품가게 주인, 자유 기고가, 딱히 직업이 없는 사람 등등.

각자의 취향의 겹치는 일은 별로 없었다. 당연하겠지만 지금까지 각자 다른 인생을 살아 왔기에 만나 온 책들도 당연히 달랐다.

헌책의 커다란 특징은 베스트셀러 순위에서 떨어진 100엔 균일가 책을 빼고는 이 책들과의 만남이 모두 일생에 한 번뿐이라는 점이다. 신간처럼 어느 책방에나 반드시 있는 책은 별로 없다. 같은 값으로 '좋은 책'과 만나는 일도 드물다. 그게 헌책을 살 때의 묘미이기도 하다.

나도 자주 헌책방에 가는데 싼값에 파는 좋은 책을 발견했을 때의 기쁨은 그 어떤 것과도 바꿀 수 없다. 그 기쁨은 보물찾기와 닮아 있다.

라이브 역시 부탁이 들어와서 시작했다. 가케쇼보 개업을 준비할 때 아기를 안고 가게로 들어온 모히칸 머리의 남자는 AUX라는 유닛의 모리시마 씨였다. 모리시마 씨가 라이브를 하고 싶다고 제안했다. 가케쇼보는 책방이면서 동시에 음악이 떠오르는 가게로 하고 싶었기에 곧바로 승낙했다.

지금 생각하면 무척 부끄럽지만, 가케쇼보를 오픈할 때 표어가 재패니즈 서브컬처숍과 록창고였다(아, 진짜 부끄럽군). 카테고리 이미지로서는 서브컬처도 록도 요즘 시대에는 뒤떨어진 말들이다. 하지만 가게의 이미지를 한정

시킬 법한 서브컬처는 그렇다 치고 록이라는 말에는 나의 명확한 가치 기준이 있어서 꼭 사용하고 싶었다.

그즈음의 나는 일할 때 판단 기준을 '록인가 록이 아닌가'로 잡았다. 나에게 록이라는 개념은 음악 장르 이상으로 당위성과 사고방식을 의미하는 말이었기 때문이다. 존재로서의 이물감, 충동에서 오는 행동, 기존과는 다른 가치의 제시, 그런 몇 개의 요소 중 어느 하나라도 겸비한 것을 가리켰다. 나는 그러한 책이나 음악이나 잡화를 오프닝 재고로 수집했다. 그리고 그것을 추종하는 사람들을 기다렸다.

그런데 이미 만연해 버린 록은 어쭙잖은 수많은 해석으로 대수롭지 않게 여겨진 지 오래여서 나와 비슷한 개념으로 록을 파악하는 사람은 소수인 것 같았다. 오히려 진실이 아닌 잘못된 이미지에 시달리는 경우가 많았다. 그래서 그 문구는 이내 봉인해 버렸다.

그래도 가게에 음악은 틀어 놓고 싶었다. 음악은 가게에서 판매하는 앨범을 중심으로 일본어 곡을 많이 틀었다. 가케쇼보처럼 비유통상품을 많이 취급하는 가게는 앰비언트 뮤직이나 전위 음악, 재즈 등을 틀면 더욱 '그럴싸해'진다. 하지만 음악까지 한 통속이면 가게 분위기에 빈틈이 사라진다. 그런 음악을 고르는 나 자신이 조금 멋쩍기도 해서 일부러 틈이 보이는 가요를 골랐다. 다만 라디오에서 자주 듣는 가요가 아닌 일본어 노래로 선입관 없이 들을 수 있는 곡을 틀었다. 그런 음악을 틀자 아니나 다를까 지금 흘러나오는 노래 가수는 누구예요? 하고 묻는 사람들이 나타났다. 그렇게 해서 음반을 꽤 팔았다. 가장 많이 물어 온 것은 갓 데뷔한 험버트험버트였다. 그렇지만 오픈 즈음 가게에 틀어 놓던 어떤 옴니버스 앨범을 나는 지금도 멀리 한다. 그 음악을 들으면 매출이 바닥을 찍던 때의 서늘하고 황망한 기분이 생생하게 재현되기 때문이다. 음악의 힘은 이처럼 강하다.

라이브 이벤트를 하려는 데는 두 가지 목적이 있었다. 하나는 가게에 음악 이미지를 심고 싶었다. 그리고 또 하나는 인맥 만들기였다. 나는 사쿄구는커녕 교토로 돌아온 지 아직 1년이 채 안 될 때여서 교토에 아는 사람이라곤 미시마 말고는 전혀 없었다. 라이브 이벤트를 통해 뮤지션이나 그 주변 사람들을 알아 가면 좋을 것 같았다.

초창기에 하던 라이브 형식에 '노래 이어가기'가 있었다. 제목 그대로 노래를 엮어 가는 이벤트였는데 알기 쉽게 말하자면 이번에 나온 뮤지션이 다음에 나올 뮤지션을 소개하여 매달 바꿔 가며 라이브를 이어가는 형식이다. 그래서 그 지역의 많은 아마추어 뮤지션과 안면을 트게 되었다. 이벤트를 진행하는 사이 조금씩 능숙해지자 내가 좋아했던 프로 뮤지션도 와 주었으면 하는 욕심이 생겼다.

어느 날 교토의 오래된 라이브하우스 다쿠타쿠의 라이브 스케줄을 보니 고교 시절에 무척 좋아했던 도모베 마사토 씨 이름이 있었다. 나는 무모하게도 직접 담판을 지으러 갔다. 라이브 전 리허설 때를 노려 현장에 도착하니 입구에 이벤트 관계자들이 있었는데 지금은 그럴 여유가 없으니 라이브가 끝나고 다시 오라고 했다. 나는 우선 물러나서 라이브가 끝나기를 기다렸다가 다시 찾아갔다. 그러자 안에서 앙코르를 외치며 한껏 흥이 오른 소리가 들렸다. 그 목소리를 듣고 나는 덜컥 긴장하기 시작했다. 도모베 씨에게 어떤 식으로 말할까, 무엇을 전할까. 그때 내 눈은 충혈되어 있었을 것이다.

앙코르가 끝나고 안에서 손님들이 하나둘 나왔다. 마음을 가다듬는 나. 마치 습격하러 가는 기분이다. 손님 대부분이 빠져나갔다. 조금 전 이벤트 관계자가 보였다. 그 사람은 나를 기억하고 있었다. 그래서 도모베 씨가 라이브를 해 주었으면 하는데 마이크나 앰프 등의 기재 없이 생음악으로 가능한지, 무리인 줄 알면서 물어보았다. 그날 사실은 도모베 씨 말고도 공연자가 한 사람 더 있었다. 나는 그럴 마음도 없으면서, 형식적으로 두 사람에게 공평하게 부탁하지 않으면 난처할까 싶어 그 사람에게도 같은 조건으로 라이브를 해 줄 수 있는지 물어봐 달라고 부탁했다. 이벤트 관계자는 두 사람에게 물어보고 오겠다고 하며 안으로 들어갔다. 그러더니 ○○ 씨는 생음악으로는 힘들다고 하고 도모베 씨가 이야기를 한번 들어보겠다고 하니 직접 말해 보라고 했다. 나는 정신없이 안으로 쳐들어갔다.

눈앞에 도모베 마사토 씨가 있었다. 내가 그때 무슨 소리를 떠들었는지 기억나지 않는다. 기억나는 것은 상기되어 말하는 내 얼굴을 가만히 바라보면서 이야기를 듣던 도모베 씨의 눈이다. 그는 어디서 굴러먹다 온 개뼈다귀인지 모를 남자의 이야기를 진지하게 들어 주었다. 나는 그 눈에 빨려 들어갈 것처럼 "도모베 씨 지금 제 차로 가케쇼보에 가 보시죠!" 하고 말해 버렸다. 토모베 씨는 가 보고 싶지만 당장은 힘들겠다고 가볍게 웃었다. 그런데 이튿날 도모베 씨가 진짜로 가케쇼보에 찾아왔다! 내가 만든 책방에 좋아하는 뮤지션이 서 있다는 것이 믿기지 않았다.

나는 다쿠타쿠의 밤 이후 어떤 유명한 사람과 만나도 별로 긴장하지 않게 되었다. 그때 도모베 씨의 눈이 마법을

ダーティー・ハリー の唄うのは
石の 背中の 重たさだ
片目をつぶったまま年老いた
いつかの素敵な与太者のうた
その者 君にも
生きるだけで
せいっぱいの時があったはず
あげるものも もらうものも
まるでないまま
自分の為だけに生きようとした

友部正人「にんじん」より

더티 해리를 부른다는 건 돌덩이 같은 막중함이야
한쪽 눈을 감은 채 나이 든
멋진 건달의 노래
그 옛날 너에게도
사는 것만으로
힘에 부친 시절이 있었겠지
주는 것도 받는 것도
전혀 없이
자신만을 위해 살아가려 했어
　도모베 마사토「당근」 중에서

도모베 마사토 씨의 가케쇼보 첫 라이브 때의 전단지. 나조차도 도울 수 없을 때가 있다.
글씨는 내가 썼다.

풀어 주었기 때문이다.

흔적들

어느 날 계산대에 젊은 남자 둘이 오더니 이렇게 말했다.
"외벽과 가게 사이 공간은 아무것도 안 하는 건가요? 예정
이 없으면 우리가 한번 만들어 볼까요?"

전혀 의식하지 않던 공간이었다. 원래 건물 주변에는
작은 화단이 있었다. 내가 빌릴 때는 이미 꽃은 없고 화분
몇 개만 덩그러니 놓여 있을 뿐이었다. 나는 그 공간이 보
이지 않도록 외벽을 만들었다. 그래서 그 부분을 전혀 신경
쓰지 않았다. 가게의 커다란 창으로는 훤히 보이는 곳이었
는데.

그들은 정원사인데 독자적인 가게를 중심으로 이제

부터 자신들의 정원을 작품으로 제공하는 프로젝트를 계획하고 있다고 했다. 멋진 계획 같아서 곧바로 의뢰하고 싶었다.

하지만 정원을 조성하려면 예산이 제법 들지 않을까? 냉정해져서 조심스레 예산을 물으니 기념할 만한 첫 번째 작품이니 예산 내에서 최대한 해내겠다고 한다. 지금 생각하면 어처구니없는 예산이지만, 그들은 아는 업자에게 얻은 필요 없어진 자재와 직접 조달한 식물, 돌 등을 사용하여 즐겁게 정원을 만들기 시작했다. 중간에 어떤 정원을 좋아하는지 묻기에 나는 옛날부터 꿈이었던 것을 떠올렸다.

유년 시절부터 살아 있는 것이 좋았다. 특히 거북이를 좋아해서 초등학교 1학년 때 산 거북이를 시작으로 그 시점에서 거북이 네 마리를 집에서 기르고 있었다. 남생이와 남방돌거북, 일본돌거북 두 마리. 거북이의 터프하고 오래 사는 점과 물에서도 뭍에서도 살 수 있다는 점이 좋았다. 그즈음에는 집의 작은 수조에서 키우는 데 한계를 느끼기 시작하여 언젠가 부자가 되면 거북이가 자유롭게 지낼 수 있는 대형 수족관을 만들어서 우아하게 지켜보는 여생을 보내면 좋겠다고 상상했다. 그 생각이 어쩌면 이루어질지도 모른다. 나는 거북이가 자유롭게 지낼 수 있는 공간을 만들어 달라고 부탁했다.

머지않아 돌로 둘러싸인 연못이 생기더니 거북이들이 나무 그늘에서 쉴 공간이 마련되고 가게 창을 통해 느긋하게 거북이들을 바라볼 수 있는 멋진 공간이 완성되었다. 그 후 다른 사람 거북이도 더해져 가케쇼보는 거북이를 볼 수 있는 일본의 유일한 서점이 되었다.

이런 재미난 일은 또 있었다. 입구 바로 옆에 역시 그냥 놀리던 반 평 정도의 공간이 있었다. 가게를 열고 3년쯤 방치되어 있었는데, 어느 날 스태프가 그 공간을 대여 점포로 사용하면 어떨지 제안했다. 기본적으로 무엇이든 해 보는 나는 곧바로 장사할 사람을 모집했다. 그러자 해 보고 싶다는 사람이 조금씩 나타나고 부정기로 가설 점포가 열리기 시작했다.

그 공간은 입구 말고는 주위가 가케쇼보 외벽에 둘러싸여 있고, 안쪽 벽면에는 아직 이름이 알려지기 전이었던 화가 미로코 마치코 씨의 두더지 그림이 그려져 있어서 보통 두더지 공간이라 불렸다. 카페, 과자 판매, 먹거리 판매, 잡화실, 전시, 바 등 여러 업종의 사람이 출점했다. 하지만 입구이자 옥외라는 조건 하에 매출을 올리기는 지극히 어려운 모양이었다. 입구여서 손님이 발길을 멈추는 일이 드물었다. 손님에게 말을 건네는 건 필수다. 그래도 도통 걸음을 멈추지 않으므로 과자 등을 판매하는 사람들에게는 시식을 준비해 손님과 소통할 것을 권했다. 대부분의 출점자는 가게를 해 보지 않은 사람이었는데 붙임성 있게 손님들을 대하지는 않았다. 책상에 자신의 작품을 늘어놓고 의자에 가만히 앉아 낮 시간 대부분을 허비하는 사람도 많았다. 아침 일찍 많은 먹거리를 준비했다가 결국 너무 많이 남아 버린 사람도 있었다. 모두 재미있는 체험이었다고 말했지만, 매상이 없어 보여 나는 늘 미안한 마음이 들었다 . 가케쇼보의 빈약한 손님도 크게 연관이 있다고 생각했다. 대부분 한 번 하면 두 번째 출점하는 사람은 적었다. 하지만 그런 속에서도 그 장소에서 묘하게 먹힌 업종이 하나 있었다. 점쟁이다.

주위가 벽에 둘러싸인 기묘한 밀실감과 외부에서의 소외감. 지나가던 사람도 들이닥칠 수 있는 옥외라는 특수한 상황. 점쟁이 측에게도 아무런 장치도 준비도 매입도 필요 없으니 부담이 적어 여러 번 하는 사람이 많았다. 한때는 교대로 번갈아 가며 마치 점집 같은 느낌이 될 뻔한 적도 있다. 인기 있는 사람은 처음부터 끝까지 6시간 남짓 사람이 끊이지 않아 계속 점을 봐 준 일도 있었다. 그때는 나도 뭔가 보상받는 느낌이었다.

가케쇼보는 기본적으로 일반 손님이나 단골, 스태프, 뮤지션, 친구 등의 목소리나 행동을 반영시켜 진화해 온 가게다. 인상 깊었던 시도는 가게 안에 누구나 칠 수 있는 기타를 놓아둔 것이었다. 광고판에 이어 가게 음악도 손님에게 시켜 보는 시도로, 어쿠스틱 기타와 의자를 진열장 모퉁이 부근에 두고 '자유롭게 치세요'라는 메시지와 함께 놓아두었다. 실제로 제대로 치는 사람은 적었지만, 한번은 멋진 기타 독주를 시작한 외국인이 우연히 가게에 들른 젊은 래퍼들과 합주한 적이 있었다. 그 모습은 여기가 뉴욕인가 착각할 정도로 훌륭했다. 하지만 가끔 직접 만든 노래를 시끄럽게 열창하는 사람도 있었는데 결과적으로 '막상 치게 하니 시끄럽다'는 본말이 전도한 실패로 그 시험은 끝났다.

손님이 참가한 또 하나의 예로 손 글씨 게시판도 있었다. 예전에 역에서 보던 작은 칠판 게시판을 본뜬 것으로 우리는 지워지는 매직 게시판을 썼는데, 손님들이 거기에 누군가에게 보내는 메시지나 가게에 온 기념으로 한마디, 라이브 안내, 누군가에게 하는 고백 등을 희희낙락하며 쓰곤 했다. 인터넷 게시판과 달리 이 게시판은 쓰는 모습이 계산대에서 보이기 때문인지 과격한 내용은 없었다.

가케쇼보는 대부분 표지가 보이게끔 진열하는 방식으로 책을 판매했다. 자리는 차지하지만, 꽂아서 진열하는 것보다 압도적으로 호소력이 있다. 비주얼이 손님의 판단 재료가 된다. 그래서 문맥보다 비주얼의 특성을 중시해 진열했다.

　예를 들어 진열장 아래쪽은 약간 어두우므로 밝고 강한 인상을 주는 표지의 책. 수수한 색상의 책들은 함께 놓지 않는다. 책을 전후 세 줄의 투명 철제 진열장에 놓을 때는 뒤에 오는 책은 앞에 놓는 책보다 키가 크고 제목이 위쪽에 씌어 있는 것. 띠지가 있어야 내용이 부각되는 책은 반드시 가장 앞. 옆에는 폭이 조금 좁은 책을 놓는다. 너무 빽빽하면 손님들이 진열장으로 돌려놓을 때 띠지가 걸려 찢어질 가능성이 있기 때문이다. 또 띠지가 있는 책 여러 권을 철제 진열장에 펼쳐 진열할 때는 두 번째 책부터는 반드시 위아래를 거꾸로 한다. 그렇게 하지 않으면 손님들이 책을 진열장에 돌려놓았을 때 띠지가 100퍼센트 구겨지기 때문이다.

그림책의 띠지는 기본적으로 모두 벗긴다. 비주얼을 해치는 띠지가 많기 때문이다. 그림책의 흥미 유발은 표지에 달려 있기 때문에 디자이너에 따라 콘셉트가 이미 완성된 것이 많다. 그래서 표지를 제대로 보여 주어야 존재감이 산다. 가케쇼보만의 현상일지 모르겠지만 영화화, 드라마화라는 알림 띠지는 마이너스로 작용하는 경우가 많아서 벗긴다. 가케쇼보에 온 손님은 이미 아는 정보보다 모르는 정보에 민감하다. 그래서인지 널리 알려진 사실이나 대형 서점에서도 손쉽게 찾아볼 수 있는 책은 팔리지 않는다. 지금까지 일정하게 팔리던 어떤 원작 만화가 영화화되면서 갑자기 팔리지 않는다. 그리고 영화 상영이 끝나면 작품 자체는 아직 연재되고 있어도 단번에 끝난 분위기가 감돈다. 미디어의 거품은 소비되면 끝이다.

출판사 관계자에게 하고 싶은 부탁이 하나 있다. 매출 카드를 페이지에 걸쳐서 끼우는 것을 어떻게든 개선해 주었으면 한다. 매출 카드가 빠지지 않기 위해서라든가 기계가 자동으로 끼우는 거라든가 여러 이유가 있겠지만, 매출 카드 대부분은 손님이 페이지를 넘길 때 페이지에 걸리거나 무리하게 넘겼을 때 그 힘으로 빠져서 어딘가로 날아간다. 진열장 아래로 쏙 들어가 버리면 빼기도 힘들고 알아채지도 못한다. 가끔 필요 없는 건 줄 알고 그 자리에서 꾸깃꾸깃 구겨서 주머니에 넣는 손님도 있다.

매출 카드는 그냥 종잇조각으로 보이지만 무척 중요한 종이다. 책에 이 종이가 없으면 반품이 되지 않는다. 반품해도 매출 카드가 없다는 이유로 반송되어 온다. 우리처럼 포스계산대가 없는 점포는 매출 카드를 보고 잘 나가는 상품 데이터를 관리한다. 매출 카드에 찍힌 바코드를 기기로 찍어서 추가 발주를 한다. 어렵진 않지만 상품 선별에 관련된 큰일이다.

최근에는 경비 절감 때문인지 매출 카드가 원래 없는 만화책이나 무크지가 나오고 있다. 모든 책방에 포스계산대를 도입하라는 업계의 무언의 압력인 걸까. 구형 폴더 핸드폰에서 스마트폰으로 바꾸지 않으면 편리한 서비스를 받을 수 없게 된 현재의 상황과도 닮았다.

가케쇼보에서 잘 팔리는 책은 삶의 방식을 제시하는 경향이 있다. 다만 자기 계발서는 팔리지 않는다. 앞에서 말한 것처럼 이 지역에는 넥타이를 매는 사람이 거의 없기 때문이다. 자기 계발서라도 잘나가는 사람이 더 잘나가게 하는 책보다는 낙오자를 위한 책이 팔린다. 또 해답(비슷한 것)이 씌어 있는 명언집이나 애수 가득한 수필, 소설은 장르 소설보다 시정詩情 있는 순문학이 팔린다. 나는 만남을 제공하기 위해 다양한 접근 방식을 제안한다. 평소 특별한 일 없는 일상생활에 우회도로 같은 입구. 내가 어릴 적 고마쇼보에서 푹 빠졌던 다른 세상으로의 문이다.

책방에서는 하나의 장르로도 여러 가지 사고를 겸하여 제안할 수 있어 재미가 있다. 식사에 관한 이야기 하나라도 채소가 좋다는 책, 육식이 좋다는 책, 아무것도 먹지 않는 것이 좋다는 책 등 다양한 사상이 한 책장에 빼곡하다.

나는 책방이 사상을 컨트롤해 책을 선별하기는 어렵다고 생각한다. 그래서 정반대 사고의 책을 옆에 진열하기도 한다. 아무리 셀렉트숍인 척해도 결국 책을 선별하는 이는 항상 손님이다.

가게가 손님을 고를 수는 없지만 손님은 가게를 고른다. 비교하기도 한다. 브랜드 전략으로 결과적으로 손님을 '셀렉트'하는 가게도 있지만 나는 욕심쟁이여서 모든 손님이 와서 즐기기를 바란다. 만인에게 인정받는 상품 구성의 가게라는 의미는 아니다. 말하자면 가게에 들어오면 동심까지는 아니더라도 지위나 입장이나 겉모습을 잠시나마 잊고 해방감을 느끼는 가게. 가게 안에서 소곤소곤 작은 목소리로만 떠들어야 하는 분위기의 가게로는 만들고 싶지 않다(물론 그런 가게도 있으면 좋을 것이다). 멋지게 말하면 확인과 발견과 해방을 진열장에 놓고 싶다.

하지만 어느 날 계산대에서 손님을 보다가 인간이 결국 흥미를 갖는 것은 '성과 죽음' 밖에는 없는 게 아닌가 생각한 적이 있다. 가게에 진열해 놓은 책 중에서 팔리지 않지만 가장 많이 서서 읽는 것은 섹슈얼한 책이다. 우리 책방은 노골적인 성인물은 취급하지 않는다. 여성 손님에게 불쾌감을 줄 것 같아서이고, 가게 안에서 욕정을 느끼기라도 하는 게 싫기 때문이다. 아마도 내 자신이 가장 음탕하다고 생각하는 탓이다.

그러나 성에 관한 책은 있다. 누드가 있는 예술책이나 만화, 성의 역사, 잡학, 소설 등. 그러한 책은 남자든 여자든 좋아한다. 또 죽음을 연상시키는 책도 관심 있게 들여다본다. 사람들이 기괴하고 찰나적이라는 의미만이 아니다. 성과 죽음은 인간의 필수과목으로 건강도 연애도 삶도 어떻게 죽을지도 자기현시욕도 동경도 쾌락도 결국은 성과 죽음으로 귀결되기 때문이다. 금주에도 세상의 베스트셀러 순위 안에는 에로스와 타나토스를 둘러싼 제목이 많을 것 같다.

머 해 머 해

모월 모일 맑음

차를 운전하다가 지나치거나 앞을 가는 장거리 트럭 번호판으로 그 차가 이동해 왔을 거리나 풍경을 마음대로 상상하면 상쾌해진다.

모월 모일 비

무슨 일로 막히나 했더니 짧아도 너무 짧은 미니스커트를 입은 여자가 횡단보도에서 신호를 기다리는데, 지나가며 무심코 여자를 쳐다보는 운전자들 때문이었다.

모월 모일 눈

라디오 속에서 젊은 밴드 멤버가 1960년대 음악을 말한다. 무척 해박하다. 그렇지만 너무 잘 아니까 조금 위화감이 든다. 설득력이 부족하다. 이야기에 호소하는 힘이 없다. 나도 그렇지 않을까 싶어 마음이 서늘해진다. 동시대의 음악이나 문학은 모두 손닿는 곳에 굴러다니고 있는데.

모월 모일 맑음

구마시로 다쓰미 영화 특집을 오사카 영화관에서 보다. 쓸데없는 장면이 많다. 대사도 모두 더빙이어서 잘 알아들을 수 없다. 스토리가 아닌 쓸데없는 장면들이 무척 인상에 남는다. 스토리를 중시하는 요즘 관객에게 친절한 영화가 아닌 재치와 긍지가 있는 어른 영화를 오랜만에 본 것 같다. 우리는 이런저런 장면을 흉내 내면서 집으로 돌아왔다.

모월 모일 비

지방 모텔에서 맞이하는 밤. 평소 생활과 전혀 다른 밀실. 여기에 혼자 있으니 내가 매일 무엇을 해서 수입을 얻는 사람인지 한순간 생각나지 않았다.

모월 모일 맑음

히에이잔 전차를 이용한 이벤트 리허설. 기재 반입을 위해 차고에 가니 출발 전 점호가 시작되었다. "경적 이상-무", "브레이크 이상-무", "도어 개폐 이상-무". 우렁찬 목소리로 전차 안을 여기저기 살펴보는 차장. 연극처럼 큰 목소리. 마치 퍼포먼스 같다. 하지만 땀 흘리는 그 진지한 큰소리는 타성이라는 악마를 봉쇄했다.

모월 모일 흐림

좋은 것과 만나면 좋은 것을 만들고 싶어진다. 좋은 문장, 좋은 영화, 좋은 음악, 좋은 그림, 좋은 만화, 좋은 사람, 좋은 가게. 내가 할 수 있을지 없을지 상관없이 좋은 것을 만들고 싶다는 윤곽이 생긴다. 그 윤곽의 내용물이 뚜렷해질 무렵 좋은 것은 어느새 완성되어 있을지도 모른다.

모월 모일 비

일전에 어떤 사람이 나에게 가르쳐 준 지식. 오늘 그 얘기를 했더니 그이는 자신은 그런 적 없다고 말한다. 틀림없이 그 사람 입을 통해 가르침을 받았는데 그 사람은 잊고 있다. 알고 있던 지식 그 자체를.

모월 모일 맑음

은행이 합병하더니 멀어졌다. 술집에 경쟁점이 생겨 술집 전쟁이 일어났다. 찻집이 없어지고 부동산 중개소가 되었다. 대형 잡화점이 매수되어 이름이 바뀌었다. 일하는 거리의 모습이 바뀌어 간다. 아무리 정치에 흥미가 없어도 아무리 경제에 흥미가 없어도 생활권은 경기라는 파도 위에 떠 있다는 걸 풍경이 나타내고 있다.

모월 모일 비

처음 본 사람과 신칸선 통로에서 스쳐 지날 때 일본 사람은 무뚝뚝한 얼굴, 외국인은 미소 띤 얼굴을 짓는다고 한다. 일본인들이 아무렇지 않게 미소를 지어 보이는 상대는 개와 고양이, 보호자에게 안긴 어깨 너머의 아기뿐이다.

모월 모일 맑음

몸이 아프면 아무것도 필요 없다. 음악도 필요 없다. 안타깝게도 책도 필요 없다. 사실은 다정함이나 따뜻함이 필요하지만, 의외의 것이 괴로움에서 잠깐의 해방으로 이끌어 준다. 집중을 강요하지 않고 선택을 강요받지 않고 눈앞에 있는 사람을 즐겁게 하려고 힘쓰는 것. 텔레비전이다.

텔레비전이 병실에 설치되어 있는 이유를 알 것 같다. 건강
해지면 텔레비전을 보지 않겠지만.

모월 모일 비

현명한 척하는 아저씨는 그 시점에서 현명하지 않다.

모월 모일 흐림

결국 그날의 나는 너에게 인정받길 바랐을까. 깨닫지
못하고 무관심하며 교양 없지만 커다란 너의 감상. 그 감상
으로 식자들의 비평이 내 안에서 뒤바뀌어 간다.

모월 모일 흐림

창작은 거짓말쟁이의 시작이다. 지금까지 어떤 거짓
이 보상받고 어떤 거짓이 봉인되어 왔을까. 양치기 소년은
교훈을 얻은 모양인데 창작도 그때 내다 버렸나?

모월 모일 비

물에 약하다. 바람에 약하다. 열에 약하다. 책은 약
하다.

모월 모일 맑음

하세가와 겐이치 씨의 결혼 파티에서 사회를 보기로 했다. 단벌 정장을 입고 현장까지 벚꽃 사이를 걸어간다. 도중에 들른 헌책방에서 오가와 구니오의 수필을 사서 주택가를 걷는다. 예전 단행본에서 흔히 볼 수 있던 제본으로 소장 가치가 있는 책이다. 그런 책을 왼손에 들고 집을 바라보면서 걷고 있자니 포교할 집을 찾는 선교사 같은 기분이 들었다. 오가와 구니오는 기독교인이었지. 나는 목사가 아닌 사회자였다.

모월 모일 맑음

신문에 '이세탄 기치조지점 마지막 영업' 기사. 닫히는 셔터 너머로 고개 숙여 인사하는 제복 입은 종업원들의 사진. 프로페셔널한 모습이란 어쩌면 이렇게 섹시할까.

모월 모일 흐림

타임슬립하고 싶을 때면 유튜브에서 영화 프로그램의 예전 오프닝 장면을 찾아본다. 『월요 로드쇼』, 『수요 로드쇼』, 『금요 로드쇼』, 『골든 외화극장』, 『일요 외화극장』. 집에서 영화를 볼 수 있다는 호사로움을 맛보던 일본 사람들.

모월 모일 맑음

큰 신세를 진 분의 부탁으로 아르바이트를 했다. 현지
집결하여 준비 사항을 듣는다. 육체노동 한 발짝 전의 일.
땀을 흘렸다. 휴식 시간의 캔커피가 맛있다. 일당을 받았
다. 자신의 몸 하나로 돈이 발생한다는 사실. 물건을 들여
와서 팔아야 이익을 얻는 돈 버는 법에 익숙한 사고에는 큰
감동이다. 무슨 일이 있든 몸만 움직일 수 있다면 살아갈
수 있음을 재확인한 날.

모월 모일 흐림

친구 집 책장에 있던 레이 브래드버리 『민들레 와인』
을 읽다가 귀가. 녀석의 집 근처에 있는 북오프에 들렀더니
『민들레 와인』이 100엔 코너 책장에 꽂혀 있었다. 다음 내
용을 읽을까 하고 책을 펼치니 커다란 나뭇잎 한 장이 끼워
있었다. 어떻게 할까? 나는 그대로 책장에 돌려놓고 친구
가 언젠가 귀갓길에 그 나뭇잎을 발견하는 모습을 상상하
며 집에 도착했다.

모월 모일 흐림

중고생 시절, 야간 경기를 보면서 맥주를 마시는 중년 아저씨들을 까닭 없이 경멸했다. 노동을 경험하기 이전의 편견이었다고 반성하며 나도 맥주를 마신다.

모월 모일 비

세실 테일러의 다큐멘터리를 보러 가다. 설득력이란 말 기술이 아니라 그 사람의 일상에 담겨 있다고 생각했다.

모월 모일 흐림

근처 약국에 붙어 있던 「건강」이라는 산문시. '건강이란 몸에 이상이 없음을 말하는 게 아니다'라는 문장. 건강이란 명랑하게 살아가는 것이라는 내용이 리듬감 있는 긴 문장으로 적혀 있었다.

모월 모일 흐림

크로켓을 사러 고깃집에 간다. 눈앞에서 튀겨 준다. 계산한다. 가져간 돈은 1만 엔. 1만 엔을 뜨거운 기름에 떨어뜨릴 뻔했다. 그때 생각했다. 그렇게 튀기면 종이튀김. 돈이란 인간이 가치를 매긴 종이다.

모월 모일 비

유리로 된 서점 앞을 지난다. 성인잡지 코너에 서 있는 남자들. 안타까운 눈으로 누드를 찾고 있다. 사냥감을 찾는 눈은 아니다. 여신을 찾는 눈이었다.

모월 모일 맑음

진두에 서 있지 않은 사람이 진두에 서 있는 사람을 잊고 분수에 넘치는 행동을 하기 시작한 건 언제부터일까.

니체의 후회

그 이벤트는 외부에서 제안한 기획이었다.

웹상에서 이벤트 공지를 하고 전단지를 곳곳에 배포하기도 하고 계산대에서도 나눠 주었다. 하지만 예약자수는 한 손가락으로 꼽을 정도. 출연자에게 미안한 마음과 당일 가게의 수입을 전혀 기대할 수 없다는 우울감.

2007년 정도까지 라이브가 있는 날에는 일반 영업을 쉬었다. 점심 지나 출근하여 무대 준비를 시작하고 저녁때부터 리허설을 한 후 실전에 들어가는 영업 스타일이었다.

원래 라이브를 예정하고 만든 가게가 아니어서 무대나 객석 공간을 확보하는 데 최소한 두 시간은 걸렸다. 이동하는 평대나 음반진열장은 네다섯 명이 함께 힘을 쓰지 않으면 움직이지도 않는 무거운 집기여서 준비만으로도 일손과 시간이 들었다.

그날도 어찌어찌 준비를 마쳤다. 마이크와 미니 앰프 등의 세팅도 어찌어찌 시간 안에 해냈다. 옷은 땀범벅이다.

드디어 출연자가 왔다. 출연자는 두 팀. 한 팀은 외국인이었다. 그 계통에서는 그럭저럭 유명한 모양이다. 나는 두 팀이라는 것도 몰랐다. 리허설이 시작된다. 양 팀 모두 기타 연주. 우리 스태프들은 리허설을 들으면서 손님 맞을 준비를 서두른다.

예약자수는 아직 변함이 없다. 이제 와선 당일에 직접 오는 손님을 기대할 수밖에 없다.

개장. 예약자수가 적을 뿐 아니라 예약자 모두가 온 것도 아니었다. 하지만 당일 손님이 몇 명인가 와서 출연자를 합해 겨우 조촐한 모양새로 볼 만했다.

본 무대. 먼저 일본인 기타 주자. 꽤 좋다. 리허설에서는 매력을 알아차리지 못했다. 그는 열연하며 1시간에 걸친 무대를 무사히 마쳤다.

다음으로 외국인 뮤지션. 다들 아는지 갑자기 환호 소리가 커진다.

억양 없는 노랫소리와 멜로디. 이런 음악도 있겠거니 하고 되도록 감사한 마음으로 들어 보았다. 30분 정도 경과했을 때 아무런 기복도 없이 무대는 끝나고 말았다. 다들 이걸로 만족했는지 좋아하는 분위기로 자그마하게 고조되어 있다.

그대로 가게 안은 관객까지 섞여 조그만 뒤풀이 분위기가 되었다. 우리는 분위기를 살폈다. 내심 이렇게 담백하게 끝내도 될까? 하는 마음을 품은 채.

출연자와 관객이 서로를 대하는 모습을 지켜보다가 나는 어떤 사실을 깨달았다. 아무래도 회장에 있는 모두가 친구인 것 같다. 출연자도 손님도 모두 익숙한 듯 시간을 보냈다. 그리고 그 시간이 더욱 늘어지자 다들 가게에 놓아둔 책이나 음반은 둘러보지 않고 돌아가기 시작했다.

나는 허무로 가득 찼다. 그들에게 그럴 마음은 없었겠지만 그들의 홈파티에 나는 가게까지 쉬면서 전단지를 배포하고, 손님을 모은다고 속을 버려 가며 준비에 땀을 흘리고 본방까지 지켜보았던 것이다. 나는 참새의 눈물 같은 그날의 수입을 단말기에 입력했다.

이벤트란 기획부터 해산까지 신경을 쓰는 장기 작업이다. 공지를 시작하면 당일까지 예약자 모집에 계속 신경 써야 한다. 예약이 들어오지 않으면 홍보가 부족한지, 기획이 좋지 않았는지 여러 가지로 애태운다. 그리고 막상 공연이 시작되면 손님 유도와 음향에 최대한 신경 쓰느라 연주를 즐길 여유 따위는 없다. 공연이 끝나면 많은 사람과 인사나 담소를 하고 손님이 모두 돌아가면 또 힘쓰는 일과 상품 재진열이 기다린다. 그 시간이 있으므로 우리 스태프는 뒤풀이에 참가할 시간이 늘 없다.

그즈음은 두 주에 한 번 정도 비율로 이벤트를 했는데 어느 날 준비를 위해 책상을 옮기다가,

'나는 도대체 뭐하는 걸까? 여기에서 라이브하우스를 하려는 것도 아닌데.'

하고 생각했다. 나는 책방을 제대로 하자, 자신이 원하지 않는 이벤트는 이제 그만두자고 그때 정했다.

그 후로는 라이브가 있는 날도 가게를 쉬지 않고 저녁까지 영업을 하고 나서 준비하기로 했다. 그리고 이벤트 때는 반드시 점내 전 상품 대상 500엔 할인권을 만들었다. 그날 일 덕에 떠오른 아이디어다. 라이브라는 목적을 마치면 돌아가 버리는 손님들을 붙잡고 싶었다.

나는 되도록 집객을 예상할 수 있는 이벤트를 개최했지만 적은 인원의 이벤트도 경험했다. 오히려 출연자가 더

많을 때도 있다. 하지만 그런 가운데에서도 사람은 적지만 인상적인 이벤트가 있었다.

세키 요시히코 씨라는 요코하마에 사는 싱어송 라이터의 프리 라이브를 개최했을 때의 일이다. 세키 씨는 소카베 게이치 씨의 동지이기도 해서 그쪽 계열을 좋아하는 사람들에게는 유명하지만 교토에서는 별로 알려져 있지 않다. 나이는 중년이지만, 청년 같은 목소리로 서정적인 곡을 부르는 사람이다. 생업은 땀을 흘리는 육체노동이고, 노래는 생활감이 묻어나지 않는 노래를 에세이를 쓰듯 지었다. 이것이야말로 싱어송 라이터라는 이름에 걸맞은 작업 스타일이라고 생각한다.

평일이라 가케쇼보 손님도 많지 않았다. 듬성듬성 앉은 손님들 앞에서 세키 씨는 마치 집에서 노래하는 것처럼 차분하게 멋지고 섬세한 곡을 연주했다. 우리는 조용히 음악을 들으면서 일했다. 가수가 누구인지 전혀 모르는 듯한 손님들도 조용히 책을 읽으면서 온몸으로 멜로디에 빠져들었다. 곡이 끝나고 박수가 쏟아진 것도 아니다. 하지만 가게 안 공기는 그의 노랫소리로 충만했다. 밖에는 눈이 내렸다.

노래를 마친 세키 씨는 돌아갈 준비를 했다. 나중에 또

봅시다 하고 인사한 후 그가 기타의 카포타스트(키를 바꾸기 위한 기구)를 놓고 간 것을 알아챈 나는 서둘러 뒤를 쫓았다.

　가게를 나오니 조금 앞쪽에 기타 케이스를 한손에 들고 버스 정류장까지 걷는 세키 씨의 뒷모습이 보였다. 펑펑 내리는 눈길 속을 달리는 나. 따라잡은 그의 코트 양 어깨에 쌓이는 눈을 보고는 앞으로도 그와 같은 뮤지션을 응원하자고 다짐했다.

경영자는 단순하다

오픈하고 5년 정도까지 매출은 계속 상승 추세였다. 매출이 좋은 날은 금방 안다. 개점 1시간 동안 계산기 두드리는 횟수가 많은 날은 폐점 시간까지 일정하게 매출이 오를 때가 많다. 계산대 옆에 놓이는 매출 카드도 마감 때는 많이 쌓여 마치 등 펴기 운동을 하고 있는 것처럼 뒤집어진다. 그 카드다발을 보면서 마음속으로 쾌재를 부른다.

경영자란 단순해서 매출이 좋은 날이 이어지면 기분도 좋고 마음이 너그러워진다. 반대로 매출이 나쁜 날이 조금이라도 계속되면 모든 것이 신경 쓰여 절망에 빠지기도 한다. 무엇이 문제일까? 손님이 싫증이 났나?

내가 데민해서인가? 아니야, 어제는 우연히 나쁜 요인들이 겹쳤을 뿐이야……. 그렇게 갈팡질팡한다. 때로는 새로운 결의를 하거나 또 어느 날은 될 대로 되라는 마음으로 다음날 아침을 맞는다.

어떤 때는 출근 길 자동차 안에서도 어제의 기분을 떨치지 못한다. 답답한 마음으로 음악 소리를 최대한 키우고 달려 보기도 한다. 그렇지만 가게에 도착해 문을 따고 안으로 들어선 순간 기분은 새로이 바뀐다.

어쩌면 스태프가 눈앞에 있기 때문인지 모르고 '현장'이 눈앞에 있기 때문인지도 모르겠다. 스태프에게 나의 기분이 전염되면 큰일이다. 주인장의 마음은 가게 분위기에도 영향을 미친다. 무엇보다 현장에는 매일 할 일이 여기저기 많다. 현재 상황을 바꾸는 게 가능할지도 모를 '현장'이라는 첫 번째 특효약.

그래도 솔직히 말하면 스태프에게 가끔 농담처럼 우는 소리를 하기도 한다. 그럼 그들은 항상 격려해 준다. 말로, 또 존재감으로.

경영자에게 가장 불안한 요소는 결국 항상 돈이다. 스스로 돈을 만들어 내야 하는 입장이니 당연하다. 월세, 공공요금, 인건비, 매입 대금, 생활비, 제반 경비. 전부 매출에서 해결해야 한다. 그중에서도 매월 변동이 심하고 금액도 가장 큰 것이 매입 대금이다.

가케쇼보는 주로 도서총판을 통해 책을 들여온다. 매입 구성비 중에서 총판이 가장 크다. 주문하고 상품이 도착하면 납품서에는 청구일이 기재되어 있는데 보통 납품월 15일과 말일로 설정되어 있다. 하지만 매입한 청구액을 곧이곧대로 결제하면 돈이 돌지 않는다. 책은 늘 그렇게 곧바로 팔리지 않기 때문이다. 그러므로 어떻게 하는가 하면 적극적으로 반품을 한다. 반품을 하면 그만큼 돈이 돌아오는데, 어디까지나 구조상의 이야기고 실제로는 매입 금액에서 제한다. 물리적으로 반품 금액이 매입 금액을 넘는 일은 없다. 그럴 때는 가게의 재고가 현저하게 줄어들 때, 다시 말해 폐점할 때인지도 모른다.

책방은 열심히 반품을 한다. 반품률이 어떻다고들 말이 많지만, 사활이 걸린 문제이므로 내 코가 석 자니 어쩔 수 없다. 기본적으로 대부분 납품한 후에야 실물 책을 볼 수 있으므로, 반품은 그 시점에서 판단하거나 잠시 매장에 놓아 보고 판단하게 된다. 재미있게도 아무리 잘 팔리던 책이라도 머지않아 팔리지 않는 때가 온다. 최종적으로 좀처럼 팔리지 않는 책과 팔리는 책을 바꾸어 진열한다. 이것이 총판을 이용하는 최대 이점인데, ISBN 코드라는 '책의 주민등록증' 같은 번호를 갖고 있는 책이라면 대형 출판사 출판물은 물론 일본 전국의 어떤 작은 출판사 책이라도 한 권부터 총판이 배송료를 부담하여 보내 준다. 반품도 마찬가지다. 긍극적으로 이야기하자면 1,000엔의 책을 100권 들이고, 같은 달 내에 1,000엔의 책을 100권 반품하면 청구액은 0엔에 가까워진다. 다만 그렇게 하다가는 작은 가게의 재고는 점점 줄어들어 버릴 것이다.

그래서 균형을 맞추려고 고심한다. 책방에서 매출과 경영을 양립시키는 적정 재고란 어느 정도일까? 신간은 이익률 20퍼센트라는 경이로운 박리다매여서 책장의 회전율을 데이터화하거나 적극적인 이벤트를 개최하는 작업 등을 해서 이익을 추구해야 한다.

하지만 우리 가게는 효율이 좋지 않기에 원래는 빽빽하게 꽂아 진열하면 책을 열 권 이상은 진열 가능한 곳에 표지가 보이게 진열하는 방법으로 3권만 진열하고 있다. 언뜻 자살행위 같은 적은 재고량은 매입 예산이 적다는 게 가장 큰 원인이지만 그것을 반박하듯 이런 진열법이 효과가 있을 때도 있다.

서점의 적정 재고는 그 서점의 크기 말고도 가게 스타일과 관계가 있지 않을까. 대형 서점과 개인 경영 서점은 확연하게 재고량이 다르므로 그로 인해 가게의 스타일도 완전히 달라진다. 이런 점을 손님도 알아주었으면 한다. 저 서점은 역 앞의 큰 서점보다 책이 적어서 별로라고 판단하는 손님이 있다면 그 손님은 이미 큰 손해를 본 것이다.

　　말하자면 이 차이는 망라형 서점과 제안형 서점의 차이다. 제안형이라고 해서 흔히 말하는 셀렉트 계열 서점을 말하는 것은 아니다. 모든 개인 경영 서점이 제안형 서점이다. 망라 가능한 예산과 공간이 없으므로 선택해야 한다.

그러디 보면 다른 많은 책 속에 묻혀 버린 책이 전면으로 나오기도 한다. 보유한 책이 적은 덕에 보이는 책이 있다. 그러니까 아무리 책이 많더라도 손님이 보려는 책이나 흥미 있는 책과 만나지 못한다면, 그 책방에 그 책은 '없었던' 것이다.

사람의 시야는 정말 좁다. 단골손님이 몇 년이나 팔리지 않던 책을 계산대로 가져 오기에 "이제 이런 책을 읽으시나요?" 하고 물어보니 "이 책이 전부터 있었던가요?" 하고 되묻는다. 그런 일이 가끔 있다. 우리처럼 재고가 적고 대부분 표지 진열로 어필하는 곳에서도 그러한 일이 일어난다. 대형 서점은 더할 것이다.

그러한 틈새라고 할까. 책과 만나는 역할 분담으로 개인 경영 서점은 존재한다. 오해해서는 안 되는 점은 대형 서점이 있어서 비로소 개인 서점이 유지된다는 것이다. 그들이 경제를 어떻게든 돌아가게 해 주고 있어서 저자도 출판사도 총판도 인쇄소도 그리고 작은 서점도 어찌어찌 꾸려 나갈 수 있는 것이다. 그저 감사할 따름이다.

손님 중에는 이미 자신이 알고 있어 익숙한 키워드에만 반응하는 사람들이 있다. 특히 초등학교부터 고등학생 정도까지의 아직 교복을 입는 세대에 많다. 입학 전에는 온

갖 그림책에 평범하게 반응했었는데 입학하고 얼마 지나면 텔레비전에서 보던 히어로나 애니메이션 캐릭터, 반에서 화제인 만화 등 이미 아는 것밖에 보이지 않게 된다. 그런 아이들은 가게에 들어와도 "그게 없네. 이것도 없네. 내가 아는 게 하나도 없는 걸 보니 이 가게는 재미없네" 하게 된다. 나는 이것을 '확인 구매'라고 한다. 확인 구매는 대형 서점으로 가야 한다. 망라형 재고가 대응해 줄 것이다. 요컨대 이것이야말로 인터넷 서점형 구매 형식이다. 아는 키워드를 입력하면 원하는 제목이 눈앞에 곧바로 나타난다.

한편 '발견 구매'라는 것이 있다. 아무런 목적을 정하지 않고 책방에 가서 거기에서 만난 책을 처음 보고 사는 것을 이른다. 이는 제안형 서점인 개인 점포만의 구매 방법이다. 하지만 인터넷 서점이 경쟁 상대라면 사실은 모든 오프라인 서점을 즐기는 법이기도 하다. 검색이 아닌 우연한 만남. 현재는 이미 목적하는 책에 곧바로 도달하는 시대이다. 책방에 부탁하지 않아도 직접 손쉽게 주문할 수 있다. 생각지도 못한 책과의 자극적인 만남이란 목적 외의 구매 속에 있다. 그것을 공간으로 제공하는 것이 오프라인 서점의 강점이다.

가케쇼보의 최종 캐치프레이즈는 '당신이 찾는 책은

여기에는 아마 없을 것입니다. 하지만 찾는 책 이외의 책이 여기에는 있습니다'였다. 그러니까 확인 구매를 하러 온 사람들에게 지루한 책방인 게 당연하다. 평범한 초등학생은 어머니와 함께 왔다가 이내 빨리 돌아가자고 한다. 그래서 그런 아이에게 익숙한 『원피스』나 『진격의 거인』 같은 만화책도 가끔 놓아둔다. 그러면 아이는 정말 그것에만 반응한다.

그리고 나이 든 어른도 그러한 경향이 적지만 있다. 역사 소설이나 항상 사던 주간지 등이 안 보이면 "여기는 내가 올 곳이 못 되네. 젊은 사람들 위한 서점이군" 한다. 가케쇼보의 오랜 과제였다. 그런 층의 손님들도 사로잡으려면 어떻게 해야 할까? 간단한 것은 세상에 알려진 정보의 잡지나 책을 놓아두기다. 하지만 균형이 어렵다. 그러한 재고를 들여오기 위한 예산은 물론이거니와 다른 고객층을 실망시키지 않을 진열법을 생각해야 한다. 유행하는 상품을 함께 진열해 놓고 가케쇼보를 시작했을 때, 손님들 기대와 달랐던지 가게 매출액이 형편없었다. 이런 유행 상품은 원하는 사람 말고는 우리 같은 가게에서는 전혀 팔리지 않는다. 그래도 계속 놓아둘 여유가 나에게는 없으므로 인지도 높은 상품을 취급할 때는 아주 조심스러워진다.

하지만 그 어려운 과제에 재미있는 진열법의 가능성이 있을지도 모른다. 예를 들어 그림책 진열장이 아닌 예술서 진열장에 『요괴 워치』가 한 권 놓여 있어도 삼행광고 같은 건강 정보지가 서브컬처 코너에 있어도 괜찮다. 인터넷 서점에서는 이런 상태를 컴퓨터의 에러라고 인식할지도 모른다. 하지만 가케쇼보 같은 가게에서는 에러가 아닌 제안으로 바뀔지도 모른다. 거기에서 그 책의 새로운 시점이 생겨나는 것 아닐까. 손님에게는 깊이가 있는 독서를 권하는 내용이든 그냥 웃어 제낄 소재든 상관없다. 어떻든 새로운 만남을 연출하는 것은 사실이며 오프라인 서점이 잠재적으로 가진, 우연을 활용한 판매법이라고 생각한다.

집 근처에 유명 체인점이 있다. 1층이 서점이고 2층이 음반, DVD 대여점인데 최근에는 게임도 팔고 있다. 1층 서점에는 카페가 딸려 있다. 나는 가끔 집에서 가져 간 책을 거기 창가 카운터에서 탐독하고는 한다. 그날은 밤늦은 시간대였다. 하루를 마감하며 기분전환으로 카페에 들러 읽던 책을 펼쳤다. 자리는 항상 카운터석이다.

같은 층 서점에 있는 책을 자유롭게 자리로 가져와 읽어도 되는 시스템이다. 친절하게도 가져 온 책은 제자리에 돌려놓지 않아도 지정된 바구니에 넣어 두면 점원이 나중에 진열장에 갖다 놓는다. 하지만 지금까지 그 바구니에 패션이나 여행 관련 잡지가 많이 쌓였던지(마치 상품이 아닌 전단지 다발처럼 바구니에 차곡차곡 쌓여 있었다), 대응책으로 어느새 책상 위에 '잡지류, 여행지를 자리에 가져오면 안 됩니다. 책은 한 권만 가능합니다'라는 주의사항이 눈에 띄었다.

서적이란 전문적으로는 '잡지 코드가 없는 책'을 지칭하는데 일반적으로는 소설이나 에세이, 사진집 등 굳이 따지자면 차분히 능동적으로 읽는 책을 가리킨다. 그러한 서적을 차분히 '읽는' 사람은 잡지나 정보를 대충 '보는' 사람에 비하면 비교적 수가 적다.

그날 밤은 카운터석 내 자리 옆에 50대 정도의 남성이 앉아 있었다. 남성은 스포츠 잡지를 훑어보았다. 음료는 아무것도 주문하지 않은 모양이다. 카페 점원이 다가왔다. 우선 부드럽게 그 사람에게 가져와도 되는 책 종류를 설명한다. 남성은 순간적으로 갸우뚱하더니 서서히 자신이 비웃음거리가 되었다는 얼굴로 격분하기 시작했다. 책 종류 때문에 납득하지 못하는 남성. 한결같이 정해진 사항이라고 설명하는 점원. 곧 남성은 이렇게 주장했다.

"저쪽 서점 쪽에 있던 의자가 없어져서 여기서 읽는 거잖아! 요즘 어느 서점이든 의자 정도는 놓아두는데 말이야! 서비스가 엉망이네!"

사실 전에는 서점의 각 진열장 구석에 의자가 놓여 있었다. 하지만 나는 거기에서 많은 이들이 책을 한 손에 든 채 꾸벅거리다가 책을 손상시키는 모습을 보았다. 그러한 전력들 때문에 의자가 철거된 것이리라. 설령 카페 측이 남성의 주장을 받아들이더라도, 서점 공간이 아닌 카페 공간인지라 다 받아 줄 수는 없다. 카페 좌석은 분명히 말하면 유료석이다. 들어올 때 계산대에서 무언가를 주문해야만 비로소 자리를 이용할 수 있다. 그 시점에서 보자면 남성은 카페의 손님도 뭣도 아니다. 심야에 심심풀이로 와서 마음대로 공간을 점유하는 사람이다. 남성은 여전히 서비스 부족을 주장했다. 점원은 끝까지 예의 바르게 대응한다. 조금씩 자신이 구차해짐을 느끼기 시작했는지 남성은 분을 참지 못하고 카운터에 잡지를 집어던지며 소란을 피우면서 돌아갔다.

일련의 사건에서 가장 큰 희생자는 누구인가? 점원도 남성도 아니다. 피해자는 처음부터 끝까지 존재를 업신여김당한 책이다. 거기에 책의 주체성은 없다. 단순한 심심풀이 종잇장 취급이다. 쓴 사람이 있다. 편집한 사람이 있다. 교정한 사람이 있다. 인쇄한 사람이 있다. 제본한 사람이 있다. 그 종잇장에는 많은 사람의 일이 담겨 있다. 그렇게 완성된 책이 책방에서는 돈이 되는 소중한 상품이다. 많은 카페 병설 서점이 제안하는 판매용 책을 카페 공간으로 가져가서 읽고, 원래 자리로 돌려놓지 않아도 되는 서비스는 분명히 과잉이고 책의 종잇조각화를 조장할 뿐이다.

지난번에 도쿄에 갔을 때 전철을 탔는데 아직 지방보다 책을 읽는 사람이 많은 걸 보고 조금 안심했다. 절대 인구수의 문제인지도 모른다. 지방의 통근 풍경 속에서는 이제 책을 읽는 사람은 거의 보기 힘들다. 놀랍게도 멍하니 창밖이나 건너편 좌석을 보는 사람까지 대폭 줄었다. 다시 말해 '할 일 없이 무료한 사람'이 줄어들었다. 스마트폰 이용 전에는 책을 읽는 습관이 없는 사람은 워크맨을 들으며 창밖을 보거나 그냥 멍하니 앉아 있었다. 그 밖의 사람은 모두 좋았다. 지금은 다들 스마트폰을 들여다본다. 아저씨도 아이들도. 스마트폰은 아주 간단하게 '책을 읽지 않는 층'에게도 심심풀이 아이템으로 보급되었다. 스마트폰이 능동적인 미디어가 아닌 수동적인 미디어라는 증거가 아닐까.

전철 안에서 그것을 문제라고 여기는 사람은 없는 모양이다. 어쩌면 별 문제가 아닌지도 모른다. 스마트폰은 편리하고 세상의 재미있는 정보를 알 수 있으며 모두 그것을 사용하고 있으니까. 줄어 가는 독서 인구를 비관하는 이는 책의 작가, 출판사, 유통사와 책방뿐인지도 모른다.

종이, 잉크, 제본의 발명은 책이라는 '어떤 완성형'을 낳고, 100년 전에 쓰인 이야기나 역사에 남은 사상, 먼 나라의 문화, 항구의 최신 정보나 항간의 최신 정보, 쉽게 알 수 없는 마니아 정보 등을 가르쳐 주었다. 하지만 요즘에는 책만의 역할은 아닌 것 같다.

얼마 전에 1970년대에 개봉한 영화를 DVD로 보았다. 이런 장면이 있었다. 전철을 타고 여행하는 젊은 커플. 옆자리 남자가 월간 만화잡지를 읽고 있다. 크게 웃는 남자. 참지 못하고 여자에게 말한다. "여기 좀 봐봐!" 만화의 재미있는 컷을 여자에게 보여 주는 남자. 그것을 읽고 함께 웃는 여자.

나는 그 장면을 보고 책이라는 것이 구시대의 아이템이 되어 버린 현실을 직시했다. 영화 무대가 요즘이라면 이 장면에서 남자가 손에 들고 여자에게 보여 주는 것은 틀림없이 스마트폰 화면이겠지.

스마트폰은 나도 가지고 있다. 무척 편리하고 없어서는 안 된다고 생각한다. 그러나 나는 찻집에서도 전철 안에서도 잠깐 틈이 있으면 대개 책을 펼친다. 내가 괴짜라 시류에 반발하거나 소수파의 우월감을 느끼려는 걸지도 모른다. 그래도 나에게는 아는 이가 없는 카페에서 누구에게도 방해 받지 않고 350엔 정도의 커피를 천천히 마시면서 책을 읽는 시간이 하루에서 가장 사치스러운 시간이다. 이는 부정할 수 없는 사실이다.

독서라는 행위가 책을 읽지 않는 사람들에게 공부나 다름
없이 되어 버린 게 언제부터일까.

어릴 적 부모님이나 할아버지, 할머니가 아직 글자를
모르는 우리에게 쥐여 준 '책'이란 무척 신비하고 흥미로운
아이템이었다. 지적 호기심을 자극하는 재미있는 장난감
중 하나였다. 아무리 과학이 발달해도 첫 책과 만나는 아이
의 상상력의 비거리는 예나 지금이나 같을 것이다.

옛날에 책이라는 존재는 일본인의 교양주의의 상징
이었던 모양이다. '배움을 익히고 싶다'는 소극적이지만 절
실한 마음. 집에 책이 놓인 풍경은 '언젠가 이걸 읽겠다'는

지식욕을 만족시키는 부적 같은 안도감과 손님용 인테리어로 거기에 있었다. 하지만 정말 읽을 때가 오지 않는 한 실체가 없는 것이다. 실체가 없는 상징은 생활의 변화와 함께 풍화된다.

현재 책을 읽는 행위는 많은 매력적인 선택지를 가로막고 환경과의 시간을 자각적으로 마련하지 않는 한 쉽지 않은 일이 되었다. 스마트폰의 보급 이후 가속도가 붙어 더욱 빠르게 실체를 잃어 가는 '독서 시간'은 특히 젊은 사람들에게 비일상적인 행위가 되고 있다.

쉬는 날은 대부분 책을 읽는다고 하면, 평소에 책을 읽지 않는 사람들은 감탄하거나 똑똑할 거라 생각하곤 한다. 하지만 나에게 책은 오락이다. 독서는 영화를 보거나 음악을 들을 때처럼 몽상을 즐기는 시간이다. 시대가 이러하니 교양을 위한 책이 아닌 '다채로운 오락'으로 읽히지 않고서는 스마트폰 어플리케이션의 주변에도 미치지 못하는 게 아닐까.

독서는 따분한 학교 교육의 연장선상이 아니라 재미있는 오락 행위라고 감히 단언하고 싶다. 일본인은 대부분 학교 교과서에서 소설과 처음 만난다. 학교 수업은 선생님이 일방적으로 떠들고 학생들은 45분간 묵묵히 듣는 스타일이다. 그런 국어 교육이 독서의 재미를 알려줄 리가 없고 오히려 독서의 이미지를 해칠 '잠자코 참는 시간'으로 기억되어 버린다. 다른 나라는 어떤지 모르지만 일본에서는 시나 소설과의 첫 만남이 최악이라, 독서라는 행위를 멀리 하고 특별하게 보는 게 아닐까 생각한다.

책은 손쉽게 책방에서 사서 돌아가는 우량한 소프트이자 하드웨어이기도 하다. 소설은 제대로 읽으려면 영화처럼 두 시간 만에 끝나지 않는다. 일주일은 자신의 상상력으로 읽으면서 즐기는 가성비 좋은 아이템이다. 예산을 무시한 컴퓨터그래픽 영상도 죽은 사람이 갑자기 등장하는 꿈같은 캐스팅도 소설의 공상 속에서는 아주 간단히 실현된다. 정보가 적은 만큼 인간의 상상력은 커지므로 영화화된 영상보다 원작을 읽고 상상하던 이야기가 압도적으로 재미있는 경우가 많다.

2015년 연예인 마타요시 나오키 씨가 아쿠타가와상을 받았다. 나는 이것이 정말 좋은 일이라고 생각한다. 그가 쓴 『불꽃』이 베스트셀러가 되어 우리 책방의 호주머니가 두둑해져서가 아니다. 한 권의 베스트셀러란 어디까지나 일시적인 현상이다. 현상은 머지않아 끝난다. 마타요시씨는 독서라는 행위를 세상에 제시한 무척 좋은 인재다.

마타요시 씨는 원래 심야 방송 『아메토크!』 등에서 '독서 개그맨'으로 책 읽는 즐거움을 세상에 어필하던 사람이다. 그가 우리 책방에 와서 나와 대담을 했을 때 책에 대한 애정을 여실히 느낄 수 있었다. 서점업계 사람이나 서평가가 아무리 책을 추천해도 영향력은 그리 대수롭지 않다. 우리의 의견이 실린 매체를 일반 독자가 직접 접하지 않는 한 텔레비전 수준에는 도저히 미치지 못한다.

마타요시씨가 처음에 『아메토크!』에서 독서 개그맨으로 등장했을 때, 그는 진보초 헌책방에서, 정말 그 자리에서 서슴없이 책을 구입했다. 그야말로 대여점에서 DVD를 빌리기라도 하는 것처럼. 물론 예산과의 조율도 관여되어 있겠지만 그렇게 '오락거리로서 책 구매법', '책방 즐기는 법'이 방송에 나왔다는 사실은 무척 크다고 생각한다. 실제로 그 방송 다음날 젊은 남성 두 명이 함께 우리 가게에 와서는 그중 한 사람이 "어제 『아메토크!』에서 마타요시가 다자이 오사무에 대해 여러 이야기를 했잖아? 나 다자이 오사무 책이 읽어 보고 싶어졌어"라며 계산대에서 다자이 오사무의 문고판을 사서 돌아갔다. 마타요시 씨가 책을 산다는 행위, 독서라는 행위의 장애물을 낮춘 순간이었다.

독서 인구의 저변을 넓히려면 한 권의 책이 아니라 독서라는 행위 자체가 유행하는 것이 중요하다. 흔히 말하는 '독서 붐'을 일으켜야 한다.

어떤 현상이 붐이 되기 위해서는 언제나 '멋지게 보이는 것'이 불가결하다. 재미있게 책을 사는 모습이나 책에 몰두하여 말하는 모습, 우아하게 독서하는 모습이 마타요시 씨 같은 유명인을 통해 미디어에서 소개되는 일이 '폼이 나는가 나지 않는가'만이 가치 기준이 된 현대 사회에서는 특히 중요하다. 카페에서 스마트폰을 만지기보다 책을 우아하게 읽는 편이 정말 스마트하다는 모습을 보여 주는 것. 일시적인 붐이라도 괜찮다. 독서 인구를 늘리는 계기가 될 것이기 때문이다. 평소에 책을 읽지 않는 사람은 독서 시간 속에 있을 때의 신비하고 몽환적인 체험하지 못한 경우가 많다. 독서가 붐이 되어 그 허들이 낮아지면 책이 '상상력을 이용하여 즐길 수 있는' 하드웨어 겸 소프트웨어라고 재평가되지 않을까.

가게 안을 걷다가 무언가 평소와 다른 느낌이 들었다. 뭐가 다른지 잠깐 고민한다. 진열장에 항상 있던 비싼 앨범 박스 세트가 없다. 오, 드디어 팔렸나 하고 뛸듯이 기뻐하며 확인한다. 하지만 팔린 음반 제목을 기입한 노트를 넘기고 넘겨도 박스 세트 제목이 나오지 않는다. 그렇게 한참 전에 팔렸을 리가 없다. 쓰는 걸 깜빡했는지도 모른다고 생각해 모든 스태프에게 확인해 본다. 아무도 판 기억이 없단다.

이쯤 되면 내 등줄기에 식은땀이 나기 시작한다. 설마. 엘피반 크기의 제법 큰 물건이 없어지다니. 좋지 않은 예감이 들어 재고를 조사했다. 비는 물건이 한두 가지가 아니다. 서늘함을 넘어서 몸 전체가 뜨거워진다. 맥박이 빨라진다. 도대체 누구지?

생각하고 있는 사이에 한 남자를 떠올렸다. 없어진 앨범 경향이 그 남자의 취향과 비슷하다.

5년 전 나는 50대 남자를 붙잡았다. 그때도 박스 세트가 없어지곤 했다. 방범 카메라에 녹화된 영상을 빠짐없이 살펴본 결과 수상한 사람을 발견했다. 하지만 결정적 순간이 찍혀 있지 않다. 그 남자가 온 다음날에는 대개 음반이 사라졌다. 그리고 진열장 아래에는 칼로 잘라낸 것으로 보이는 방범 태그가 항상 버려져 있었다. 장르는 1970년대 일본 록뿐이다.

그때 나에게는 거의 확신이 있었기에 슬쩍 떠보고 붙잡기로 했다. 아무것도 모른다는 얼굴로 들어온 남자에게 훔친 순간의 영상을 보관하고 있으니 자백하라고 다그쳤다. 남자는 잠시 시치미를 뗐지만 곧 체념했다. 그대로 나는 남자의 집까지 가서 상품 대금을 전액 변상하도록 했다. 돈이 있으면서 왜 훔쳤냐고 묻자 말을 흐리면서 노후의 즐거움으로 삼으려 했다고 대답했다.

남자는 지금까지 한 번도 일한 적이 없고 시가현에서 학원을 경영하는 나이 든 부모님이 보내 주신 돈으로 생활하고 있다고 했다. 지금은 무엇을 하고 있는지 물었더니 교토대학을 목표로 매일 공부하고 있다고 한다. 사는 집 외에 창고용 방도 빌렸다고 했다. 나는 경찰에는 신고하지 않고 합의했다. 하지만 이제 가게에는 오지 말라고 남자에게 통보했다.

이번에 없어진 음악 장르는 그 남자 취향과 한없이 비슷했다. 요 5년간 가게에서 그자의 모습은 보지 못했다.

방범 카메라 영상을 확인한다. 머리 모양은 다르지만 그 남자다. 남자는 내가 쉬는 날을 틈타 왔던 모양이다. 곧바로 스태프 전원에게 화면을 보여 주면서 얼굴을 기억하도록 했다. 그리고 다음에 그자가 나타나면 곧바로 전화하라고 전달했다.

다음 휴일 밤. 곧 전화가 울렸다. 남자가 지금 가게에 있다고 한다. 편도 30분 거리인데 시간 안에 도착하기를 빌며 자동차에 뛰어올랐다. 운전하면서 경찰에 전화했다.

지금 상품을 훔친 용의자가 와 있으며 오늘도 반드시 물건을 훔칠 테니 가케쇼보에 경찰차 경보음을 내지 말고 사복 차림으로 와 달라고.

내가 가게에 도착했을 때 가케쇼보는 램프를 끈 경찰차에 둘러싸여 있었다. 밖에서 의논을 한다. 지휘 선두에서 준 이는 용맹스러워 보이는 여성 경찰관이었다.

스태프에게 물으니 그자는 아직 안에서 물색 중이라고 한다. 여성 경찰관은 제복 차림이었는데 틈을 타서 함께 안으로 들어갔다. 둘이서 계산대 아래 숨어 방범 카메라로 남자의 행동을 쫓았다.

도둑 체포는 현장범이 원칙이다. 우리는 마음속으로 훔치라고 기원한다. 스태프는 새초롬히 계산대 앞에 서 있다.

남자가 주위를 둘러본다. 무언가를 하고 있다. 손은 보이지 않는다. 그러더니 가게를 나갔다.

나는 서둘러 진열장 아래를 살펴보았다. 방범 태그가 있었다. 밖으로 달리는 나. 그자는 유유히 자전거를 타려던 참이었다. 밖에서 대기하던 경찰관들은 얼굴을 알지 못하므로 남자가 범인인지 알아차리지 못한다.

나는 큰소리로 품위 없는 말을 내뱉으며 남자를 두들겨 팼다. 정신을 차리니 여성 경찰관이 뜯어 말리며

"기분은 알겠지만 이러면 선생님도 폭행죄로 체포해야 합니다!" 하고 말했다. 다행히 그 모습은 스태프에게 들키지 않았다. 내가 화난 모습을 다른 사람들에게 보이는 것이 싫다.

그 남자가 틀림없었다. 손이 싸하게 저렸다. 나도 모르게 손이 나간 이유는 도둑맞은 것도 화가 났지만, 5년 전 약속을 깼기 때문이다. 그는 다시는 훔치지 않겠다고 나에게 다짐했었다.

이번에는 경찰에 넘겼다. 밤늦게까지 조서를 썼다. 그 후에도 현장 검증으로 시간을 뺏겼다. 남자의 집에서 많은 장물이 나왔다.

훔치는 행위는 모두가 다 잃을 뿐이다. 그 남자도 나도.

가케쇼보는 곧잘 셀렉트숍이라고 소개되는데 처음 2, 3년
은 나도 그런 마음가짐이었다. 하지만 매일 일하면서 점차
셀렉트란 말에 위화감을 느끼기 시작했다. 사실 셀렉트란
물건을 파는 행위의 기본이다. 상품을 파는 가게는 업종에
상관없이 모두 선별하고 있다. 예를 들면 잡화점이나 옷가
게는 점주가 가게에서 잘 나가는 상품을 고려하여 직접 물
건을 살피거나 카탈로그를 보며 진열할 상품을 스스로 고
른다. 생선 가게, 채소 가게 같은 신선 식품업도 점주가 시
장에서 그날 물이 좋은 물건을 자신의 눈으로 골라 낙찰을
받는다. 솔직히 말해 개인 가게는 상품을 진열할 공간과 매

입 예산에 한계가 있으므로 선별할 수밖에 없는 실정이다. 조금 더 파고들자면 대형 슈퍼마켓이나 편의점 역시 본부에서 엄격하게 여러 가지 조사를 한다. 오히려 이쪽이 선별 조건이 까다롭고 새로운 메이커가 진입하기 어려운 점이 있다.

최근 일반적으로 말하는 셀렉트는 감각을 중시하여 선택된 상품을 가리키는데, 요컨대 어떤 기준으로 선별했는지의 차이다.

책방 이야기로 돌아가자. 사실은 책방은 소매업 중에서 유일하다고 해도 될 정도로 직접 고르지 않아도 할 수 있는 가게다. 신간 유통 경로를 설명하겠다. 우선 전국의 출판사가 새로운 책을 만든다. 다음으로 신간은 도서총판이라는 도매업체에 모인다. 모인 신간은 총판에서 전국의 서점으로 발매일에 맞춰 한꺼번에 배본된다. 총판에서 보낸 신간을 서점원이 진열한다. 다시 말해 책을 선별하는 작업은 유통사인 도서총판이 하고 있다. 책에 대한 지식이 없어도 책방을 운영할 수 있다. 그런 시절이 있었다.

현재 총판의 선별 기준을 보면 가게의 입지 조건과 규모, 지금까지 팔린 책 종류, 가게 이미지 등을 데이터로 관리한 결과다. 전국에 1만 곳 이상 있는 서점마다 손님들의 수요나 경향을 정확하게 파악하기란 인간을 상대로 하는 장사에서는 현실적으로 어려울지 모른다. 그래도 현재로서는 매일 데이터상의 선별이 총판에서 이루어져 현장의 소리가 빠진 서점 진열장이 만들어지고 있다.

또한 이 시스템은 판매력 지상주의이기에 흔히 말하는 베스트셀러는 확실한 판매력이 있는 점포나 자본력 있는 대형 서점에만 배본되는 경우가 많다. 배본이 적은 작은 책방은 이제 총판에서 보내오는 팔리지도 않는 책을 진열하지 않고 점주가 직접 고른 책을 가게에 진열하기 시작한다. 이는 앞에서 말한 대로 본디 소매업의 매입 형태에서는 당연한 행동이다. 하지만 서점업계에는 총판이 책을 보내준다는 전제가 있기 때문에 그렇게 하면 그 책방은 '셀렉트 숍'이라고 불린다. 가케쇼보는 처음부터 이렇게 했기 때문에 이 카테고리 안에 들어가게 되었다.

그러나 나는 인터뷰를 하면서 언제부터인가 가케쇼보는 '궁극의 보통 책방'이라고 말하게 되었다. 자동차가 튀어나온 외관에 독립 출판물이나 음반과 잡화 등도 취급하는 책방을 '평범한 책방'이라 칭하기는 이상하지 않나 싶겠지만, 내 스스로 책을 선별하는 이상 '소매업으로서 일반 유통 형태의 책방'을 하고 있다는 속내를 밝힌 것이다. 일부러 앞에 '궁극의'를 붙인 이유는 흔히 말하는 총판 배본에 모든 것을 맡기는 책방과 구별하기 쉽도록 단서를 붙인 것에 불과하다. 요즘 시대에 상품을 단 하나도 스스로 고르지 않는 가게를 꾸려 간다는 건 난센스이다. '셀렉트'라는 특별한 느낌을 앞에 내걸고 홍보할지는 점주의 취향 문제다.

당연한 일이지만 상품은 최종적으로 손님이 고른다. 아무리 가게가 감각을 내세우더라도 결국 손님이 셀렉트한다. 내가 하는 일은 말하자면 손님을 대리하여 책을 매입하는 일이다. 단순한 중개이며, 가게에서 책을 고르는 손님과 똑같은 행동 패턴으로 책을 매입하려고 한다.

가게와 손님의 관계성은 대화와 마찬가지다. 캐치볼이 성립하지 않으면 해 나갈 수 없다. 일방적으로 자기 얘기만 하는 사람은 거북하게 마련이고, 사람들은 그런 사람과 다시 이야기를 나누고 싶어 하지 않는다. 하지만 상대방 이야기를 잘 듣고 그에 대한 해답을 흔쾌히 건넨다면 그 사람은 또 이야기를 나누러 와 준다. 개업 당시 가케쇼보는 그야말로 전자였다. 어떻게든 자신의 존재 가치를 세상에 어필하려 기를 썼다. 상품 선별에도 손님들의 수요를 고려하지 않고 내가 재미있다고 생각한 물건을 마구잡이로 구비했다. 그렇게는 장사가 되지 않는다는 것이 경영수치로 금세 드러났다.

책방은 '좁고 깊게'라는 광적인 상품 선별로는 지금 시대에 더 이상 인터넷에 이길 수 없다. '넓고 깊게'가 이상적이다. 그러나 실제로 즉시 효과를 발휘해 팔리는 책은 안타깝게도 '넓고 얕게'이다. 정말 재미있고 깊은 것은 팔리는 데 시간이 걸리므로 여러 가지 조건을 만족시키지 않으면 장소를 유지할 수 없다.

자주 오해하곤 하는데 가케쇼보에 놓인 책을 내 취향으로 고른다고 생각하는 모양이다. 물론 내 필터는 거치지만 그 필터는 나의 취향이 기준이 아닌 가케쇼보 고객들 취향이 기준이다. 내가 좋아하는 책을 가게에 진열하는 일도 있다. 반대로 사실은 별 관심도 없는 책을 쌓아 놓을 때도 있다. 모든 것은 매입 예산과 실제로 팔릴 가능성이 있는 책과의 균형으로 이루어지는데, 무척 가혹한 세계다. 내 취향만으로 책을 진열했다면 아마도 석 달 만에 가게는 끝장났을 것이다.

가게를 꾸려 간다는 것은 이제 나 자신이 개인이 아니게 되는 것이다. 모르는 사람이나 회사에서 우편물이나 전화가 온다. 가게가 미디어의 취재를 받기도 한다. 남들이 나를 개인 이름이 아닌 가게명에 '씨를 붙여' 부르곤 한다. 가게의 이름이 알려지면 인터넷 검색으로도 나온다. 가게를 시작하고 처음으로 느낀 것은 그러한 현실이었다.

셀렉트숍이라는 호칭이 나쁘다고 하지는 않겠지만 셀렉트나 감정가라는 말이 아주 특별한 일처럼 미디어에서 과잉 취급되는 현상은 별로 반갑지 않다. 감정한다는 환상을 파는 사람이 고른 '일견' 틀림없는 물건을 원하는 심리 밑바닥에는 대가에 합당한 보증을 원하는, 실패해서 헛돈을 쓰고 싶지 않다는 불황의 상징 같은 것이 있지는 않은가. 나에게 정말로 가치 있는 것은 무엇인가. 그 확증을 자신할 수 없는 사람이 늘어나고 있는지도 모른다.

ㅎ늞쌰ㅎㅓ
ㅂ ㅁㅓㅇㅣ ㅆㅒㅂ늬

가케쇼보라는 이름은 원래 독립출판으로 책을 만들던 시절 썼던 팀 이름이다. 그때는 우리가 만든 책을 놓아 줄 서점을 만나기가 정말 힘들었다. 그런 아픈 기억 탓만은 아니지만 내 가게에서는 독립출판 책을 많이 취급한다. 독립출판 책도 도서총판을 통해 들여오는 큰 출판사들의 책들과 별 차이 없이 진열한다. 독립출판 코너를 따로 만들어서 판매하지 않는다는 말이다. 독립출판 책을 별개의 코너에 가둬 두면 아무래도 일반 독자의 눈길을 받기가 어렵다. 사는 사람 입장에서는 독립출판이든 일반 출판사에서 나온 책이든 별로 상관이 없다. 그 책이 재미있는지 아닌지가 중요

할 뿐이다.

이제는 컴퓨터가 보급되어 독립출판물도 큰 출판사가 만든 책에 빠지지 않을 정도의 질로 출판되는 시대다. 독립출판물과 무료로 배포하는 프리페이퍼와의 수준 차이도 경계가 모호하다. 프리페이퍼인데 '와! 이렇게 훌륭한데 무료라고?' 할 만한 멋진 것이 있는가 하면, 가격이 매겨진 독립출판물인데도 '이런 책을 누가 돈 주고 살까' 싶은 것도 있다.

우리 책방에서 팔아 달라고 가져오는 많은 책 중에서 취급할지 말지는 우리 가게 손님들 성향에 달렸다. 상품의 좋고 나쁘고를 떠나서 맞는지 맞지 않는지 판단한다. 나는 작품보다 '상품'으로 종합적인 균형이 맞는 책을 고른다. 얼른 보기에 센스가 있고 세련된 책보다는 어딘가 덜 떨어진 데가 있지만 전체적으로 애교나 유머, 비평성이 있다면 균형이 잡혔다고 본다. 매력적인 상품은 후자가 많다.

그런데 이상하게도 독립출판물은 가격이 명시되지 않은 책이 많다. 디자인을 우선한 것은 알겠는데 가게에 놓고 판매하는 데까지 생각이 미치지 못한 게 아닌가 싶다. 나 자신도 이런 독립출판 출신이라서 한마디 하자면, 제작한 뒤 '판다'는 행위를 의식하지 않으면 재고는 전혀 줄지

않을 것이며 팔 만한 물건도 만들지 못한다. '이 책을 누군
가 봐 주기만 해도 좋습니다'라는 사람들이 가끔 찾아온다.
그런 분들에게는 그 자리에서 프리페이퍼 코너를 추천한
다. 그러는 편이 누군가 집에 가져가서 볼 확률이 높기 때
문이다. 게다가 팔리지 않아도 된다는 책을 다른 책들을 치
워 가면서까지 놓을 금전적 여유가 나에게는 없다.

　　최근 몇 년 사이 책을 읽는 사람이나 책을 사는 사람이
줄었는데, 책을 만들고 팔고 싶어 하는 사람들은 계속 늘어
나는 현상이 있다. 얼마 전까지만 해도 국민 아티스트 시대
니 국민 평론가 시대니 하는 말들이 분분했는데 지금은 국
민 미디어 시대인 것 같다. 당연한 일이지만, 누구든 쉽게
미디어 놀이를 하기 쉬운 사회 관계망 서비스 등이 많이 보
급되었기 때문이다.

　　요새는 책을 내는 다른 업계 사람들도 늘었다. 어째서
인지 그런 이들은 잡지 형식을 선호하여 잡지 형태로 출판
하는 경향이 있다. 하지만 잡지란 일일 드라마 같은 것이어
서 정기적으로 매호 만들어야 한다. 내면 낼수록 아이템 수
가 줄고 잡지 자체의 이미지도 점점 마모되는 지극히 어려
운 발행 형태다. 3호면 한계에 다다른다고 하여 '3호 잡지'
라는 말까지 있을 정도다.

한편 서적은 한 회로 완결되는 단편 드라마 같아서 정기적으로 내지 않아도 되지만 한 가지 주제를 깊게 파고들어야 가치를 인정받는다.

그러나 단행본이든 잡지든 독립출판물은 제3자적 시점이 들어갈 기회가 적다. 집필, 촬영, 편집, 레이아웃, 디자인까지 혼자서 다 하는 경우가 많기 때문이다. 마음이 맞는 친구끼리 만든다 하더라도 뜨거운 열정을 객관화할 타인의 시점이 없으면 당최 재미도 없고 팔리는 물건이 되지 않는다. 미니커뮤니케이션과 매스커뮤니케이션의 차이는 크게 나누면 이런 부분일 것이다. 단순히 관여하는 사람의 숫자 문제일 수도, 제작 공정의 시스템 문제일 수도 있겠다. '상품'으로서 제3의 시점을 포장할 수 있는가 아닌가. 이것이 그 매체로 생계를 이어가는 사람과 그렇지 않은 사람의 차이이지 싶다.

예전에는 폰트나 사진, 일러스트 등을 인쇄할 때 반드시 사식집과 인쇄소에 의뢰해야 했다. 그러나 지금은 누구나 집에서 간이 출판을 할 수 있다. 이 점이 프로와 아마추어의 경계를 허문 게 아닌가 했지만, 생각해 보니 어디까지나 수단이 보급되었을 뿐이다. 이로 인해 프로와 아마추어의 차이는 더 벌어졌다. 하지만 모순으로 들리겠지만 독립

출판은 개인에게서 완결됨으로써 어떤 가능성이 넓혀졌다고 본다.

　　정말 새로운 시점이나 사상은 어느 시대나 소수 의견에서 태어났다. 큰 출판사 편집자의 일상에서는 깨닫지 못하는 시점이나 수치만으로는 떠오르지 않는 발상, 업계의 눈치를 보느라 펼치지 못하는 기획, 새로운 아이디어가 나오기 위한 틈은 대기업일수록 작아지고 개인일수록 커진다. 아무것도 아닌 인간의 시점, 돈이 없어서 생각해 낸 방법론, 금기에 도전하는 자유로운 입장 등 독립출판의 세계에는 터부가 없다. 그런 자유로운 영역에는 수많은 재미있는 방법론이 항상 존재한다. 실제로 독립출판으로 화제를 모아 메이저로 데뷔한 사람도 많고, 좋은 부분만 기업에 팔아 일확천금을 번 이들도 있다.

　　프로와 아마추어의 작업 차이란 확실하게 존재한다. 그러나 아마추어가 수단을 손에 쥔 지금 원석이 되는 아이디어가 매우 구체적이고 광범위하게 세상에 알려지는 시대가 되었다. 프로는 새로운 아이디어를 건지고 아마추어는 프로의 형식을 참고한다. 이것이야말로 건강한 관계가 아닐까. 유행만 따른다면 아마추어의 출판물처럼 무의미한 것도 없다.

————————————————

책을 만들고 싶은 사람과 함께 책을 팔고 싶은 사람도 늘고 있다. 서점업계도 다른 업계 사람 또는 완전히 초심자가 최근에 이 일에 뛰어드는 경우가 많다. 평일에는 안정적인 직업이 있고 주말에만 공간을 개방하여 책방 영업을 하는 사람도 늘었다. 이런 책방 대부분은 초기 비용이 많이 들어가는 도서총판과 계약하지 않고 갖고 있는 헌책 재고나 직거래가 가능한 출판사, 계약금이 없는 작은 유통사에서 책을 들여오는 방법으로 개업한다. 당연한 선택이다. 사업 전망이 좋지 않은 업종에 초기 투자를 크게 할 사람은 현행 시스템이 바뀌지 않는 한 앞으로도 생기지 않을 것이다. 아마도 총판과 계약하는 형태의 개인 경영 책방은 내가 마지막 세대일 거라 생각한다.

긴타로아메★ 서점이라는 말이 있다. 어느 서점이나 베스트셀러 중심 상품 구성 일색인 똑같은 라인업을 비판하는 말이다. 그 말에 호응하듯 셀렉트를 전면에 내세운 제안형 개인서점이 최근 10년 사이에 많이 생겨났다. 하지만 그런 책방의 책장은 아무래도 직거래하는 출판사 책들로 편향되기 일쑤다. 울며 겨자 먹기로 그런 책을 들여 놓아야 하는 개인 서점이 늘어난 결과 역瑞 긴타로아메 상태가 생겨난다. 선별 판매를 전략으로 삼는다면서, 그런 책방에 가면 비슷비슷한 책들이 즐비하다. 이런 상황을 타파하려면 역시 각 책의 특성을 알고 판매법과 매입법을 궁리하는 '서점원'의 기술이 필요하다.

매입 방법이 어찌되었든 새 책도 헌 책도 독립출판물도 책장에 진열해 버리면 책 자체의 매력은 어느 책이나 마찬가지다. 책방이 할 수 있는 일은 많은 책들 중 어떤 책을 들여오고 어떤 풍미를 제시하여 그 책의 매력을 손님에게 어떻게 전할까 하는 데 달려 있다고 본다. 비유하자면 이미 완성된 요리를 어떤 식으로 보기 좋게 담을까 하는 차이다. 마지막으로 장식할 파슬리를 어디에 둘까? 어떤 접시에 담

★어디를 자르든 똑같은 무늬가 나오는 가락엿.

을까? 어떤 요리와 함께 낼까? 이 차이가 각 책방의 개성이 된다.

개성이라도 유행하는 개성이 있다. 개성과 유행은 서로 상반된 듯하지만 유행하는 개성은 정말로 존재한다. 완성된 요리를 손님에게 어떻게 낼지 하는 차이 속에서는 특히 나타나기 쉽다.

요새는 잡지 중심으로 세련되고 멋진 라이프 스타일 제안이 한창이다. 세련된 삶의 방식을 판매하는 것이다. 그런 책이 계속 나와서인지 아니면 잘 팔려서인지 그런 느낌의 개성 있는 가게도 많이 생겼다. 누구나 실제로는 볼품없지만 멋지게 살고 싶고 그렇게 보이고 싶은 것은 당연한 이치다. 하지만 이런 책 위주로만 진열한 책방은 미흡해 보인다. 한 가지 경향만 신봉하는 개성은 같은 스타일 책들만 어느 정도 갖추면 누구든 엇비슷하게 만들 수 있다.

책은 아주 편리한 아이템이다. 그 책을 실제로 읽지 않아도 책장에 진열해 놓는 것만으로 멋있어 보인다. 이를테면 친구나 애인이 내 방에 놀러올 때 내가 이렇게 보였으면 하는 책을 책장에 꽂아 두면 전혀 읽지 않았어도 자신을 위장할 수 있다. 책이란 것에 교양적 환상이나 인테리어 요소가 포장되어 있기 때문일 것이다. 그래도 아는 사람은 깊이가 없는 위조품을 급조했다고 금방 눈치 챈다. 새로운 책방 책장에서도 가끔 그게 눈에 띈다. 독서가로서 우선 모양이 서는 '보험 같은 작가'가 존재하기 때문이다. 예를 들어 외국 작가로는 리처드 브라우티건이나 커트 보니것. 그들은 물론 훌륭한 작가지만 세련되게 책을 아는 것처럼 보이게 하는 작가이기도 하다. 취급은 자유지만 그런 느낌의 책장이 요 몇 년 사이에 갑자기 늘어난 것 같다. 현장에서 여러 종류의 책을 실제로 다뤄 온 프로 서점원과는 달리 자신만의 센스가 없는 평면적인 책장. 어떤 감각의 복제품을 복제한 것이 아무런 의심도 없이 여기저기에 놓여 있다. 마냥 한결같이 유행을 따르는 것으로밖에 해석되지 않는 얄팍한 복제품들이다.

나는 하나의 가치관만으로 가득한 공간에 들어서면 불편하다. 내 가게에서는 정반대의 가치관을 같은 코너에 진열하여 서로 비꼬기도 하고 비평도 하고 유머도 끼워 넣고 싶다. 멋 부리지 않는 사람이나 나이든 사람이나 고독한 사람도 즐겼으면 한다. 나에게 셀렉트는 손님 입장에서 책을 고르고, 책장에 진열한 순간에 이미 유지되고 있으므로 이들은 가게에 놓인 다른 모든 책들과 함께 가케쇼보라는 한 장르라 할 수 있다. 책장은 논밭과 닮아서 손을 댈수록 책이 매력적으로 결실을 맺는다. 그리고 그 결실을 손님이 수확한다. 거짓말 같은 이야기지만 오랫동안 들어와서 팔리지 않은 책을 선반에서 잠시 빼냈다가 다시 원래 자리에 돌려놓는 것만으로 그날 팔려 가는 일도 있다. 나는 몇 번이나 이런 경험을 했다. 사람이 만진 흔적이 타인에게 전달되는 것인가 싶다.

어느 책방 여성 점장과 이야기하다 내 책 선별 기준은 내 기호가 아닌 손님의 기호라고 했더니, 그 사람은 "설령 그렇더라도 손님은 야마시타 씨가 고른다고 말해 주길 바라지 않을까요? 그런 환상으로 손님은 그 책을 살 거예요"라고 말했다. 무척 흥미로운 의견이다. 셀렉트라는 마법 같은 말의 본질이라 생각한다.

'감각적이다'는 요즘 장사하는 데서 가장 호소력 있는 말이다. 물건이 적어도 감각적이다, 돈을 들이지 않았어도 감각적이다, 다듬어지지 않았어도 감각적이다. 이 말을 사용하면 네거티브 요소를 전부 뒤엎기도 한다.

내가 살아가는 데 가장 중요하다고 생각하는 것은 감각과 균형이다. 균형 감각은 인간관계를 원만하게 하는 기준이며 일을 진행하는 타이밍이나 그만둘 때 등 나 자신의 세상에서 행동을 정하는 데 필수 불가결한 요소이다. 한편 감각은 그 사람의 특성 같은 것이다. 옷에 감각이 없어도 음악 감각이 있는 사람, 노름 감각이 없어도 축구 센스가 있는 사람처럼 적격 부적격의 문제와도 닮았다. 문화적인 감각은 반드시 무언가의 영향하에 있지만, 이를 단순히 복제하지 않은 것이야말로 멋진 감각이다.

잊히지 않는 이벤트 중 하나로 안데스에 있던 오자와 겐지 씨★와의 스카이프 중계를 들 수 있겠다. 2007년쯤 오자와 씨는 '아줌마들이 안내하는 미래 세계'라는 다큐멘터리 상영회를 여러 지역에서 개최했는데 윙스 교토라는 곳에서도 상영했다. 거기에 나도 운 좋게 참가했다.

상영 후 오자와 씨는 회장에 있던 사람들에게 다큐멘터리를 본 감상을 보내 달라고 단상에서 말했다. 나는 내 생각을 되도록 솔직하게 쓴 감상을 보냈다.

그로부터 얼마 지나 오자와 씨가 이벤트를 개최할 간사이의 자그마한 공간을 찾고 있다는 이야기가 친구를 통

★싱어송라이터, 뮤지션. 1998년부터 미국을 거점으로 환경문제 활동을 전개하다가, 2017년부터 일본에서 가수 활동을 재개.

해 들려 왔다. 처음에는 나라에 있는 카페가 후보지였다. 하지만 현지의 오자와 씨와 교신하는 시간이 오전 8시인데, 그때부터 몇 시간 들여 이야기를 나누는 일정이 카페 영업시간과 맞지 않아 최종적으로 가케쇼보가 선택되었다. 그러자 며칠 지나 "오자와인데요" 하는 전화가 가게로 걸려 왔다. 처음에는 어느 오자와 씨인지 알지 못했다. 그 사람은 "오자와 겐지라고 합니다" 하고 고쳐 말했다. 팬이었던 나는 믿을 수 없었지만 반신반의하며 이야기를 나누었다. 오자와 씨에게 내가 전에 보낸 다큐멘터리 감상 이야기를 하자 흥미로운 내용이라 기억하고 있다고 했다.

그 후로 눈 깜짝할 사이에 행사 당일이 되고 개인적인 네트워크를 통해 아침 일찍부터 40명 가까이 가케쇼보에 모여들었다. 오자와 씨 아버지인 오자와 도시오 씨★의 녹음된 화산 이야기에 이어 오자와 씨, 훗날 오자와 씨 부인이 된 엘리자베스 콜 씨가 참가자들과 함께 자기소개를 하면서 스카이프를 경유하여 이야기를 나누었다. 우리는 도쿄, 교토, 멕시코시티 등에 대해 개인적인 체험을 통해 느낀 점이나 놓인 상황을 이야기했다. 무척 신기한 시간이었다. 거기 있는 누구나 현실 문제를 이야기하면서도 꿈속에 있는 듯한 감각이 아니었을까. 오자와 씨는 말을 골라 가며

★독일문학 연구자.

신중하게 이야기했다. 우리도 생활 속에서 생각하던 바와 방금 생각난 것 등을 되도록 정확히 전달하려고 말을 골랐다. 그 자리에 모인 이들은 모두 해답이 아니라, 생각하는 과정의 즐거움을 품고 각자 집으로 돌아갔다.

그로부터 조금 지나 또 오자와 씨에게 전화가 걸려 왔다. 오자와 씨가 자비 출판한 『기업 사회, 치유 사회』라는 책을 가케쇼보에서만 판매하고 싶다는 이야기였다. 두말 없이 제안을 받아들였다. 오자와 씨의 아버지가 주최하는 오자와 옛날이야기 연구소 발행 『어린이 옛날이야기』라는 잡지에 오자와 씨는 「토끼!」라는 우화를 연재하고 있었다. 그 책은 「토끼!」의 별책으로 취급되었다. 자본주의의 가치를 생각하게 하는 내용이다.

오자와 씨와 이야기하면 항상 일본과 세계의 인식 차이가 화제가 된다. 이야기하면서 특히 인상 깊었던 것은 '느긋함'이라는 키워드다. 고집스럽게 눈앞의 일상을 사수하는 데에 열중하는 내 자세나 발언에 대해 오자와 씨는 남들에게는 느긋한 자세로 비추겠지만 사실 이런 느긋함이 좋은 것 아닌가, 산을 오르거나 강을 바라보거나 산책하거나 각자의 일상을 완수하는 일이 중요하지 않겠느냐고 이야기했다.

『기업 사회, 치유 사회』는 처음에 인터넷에 정보를 전혀 올리지 않고 다른 상품과 같이 가게 안에서만 판매했다. 이렇게 정보가 넘쳐나는 사회인데 정보란 포맷에 싣지 않으면 사실은 퍼질 것 같지만 퍼지지 않는구나 깨달았다. 그 시기에는 정말 천천히, 그리고 착실히 내용을 음미한 사람들이 사 갔다. 하지만 서서히 문의가 늘어나서 처음 납품분이 다 팔리고 두 번째 판매를 개시할 때는 인터넷으로 판매 재개 뉴스를 내보냈더니 하룻밤 새에 엄청난 주문량이 들어와 눈 깜짝할 사이에 품절되고 말았다.

오자와 씨는 그 책의 매출액을 모두 책으로 달라고 제안했다. 나는 새 책과 헌책을 포함하여 크고 작은 출판사를 섞은 라인업을 뽑아 책을 대량으로 보냈다.

그로부터 또 조금 지나자 이번에는 오자와 씨의 어머니가 가케쇼보에 오셨다. 오자와 가키코 씨는 심리학자로 이전 이벤트에 관여한 핵심 멤버들을 중심으로 모여 어머니와 근처 카페에서 여러 이야기를 나눴다. 그때 오자와 씨의 어린 시절 에피소드가 인상적이었는데, 오자와 씨 어머니가 잡초 뽑는 일을 도와달라고 하자 오자와 씨는 화분에 있는 화초는 뽑지 않으면서 왜 잡초는 뽑아도 되는지 질문했다고 한다. 어머니는 그때 제대로 대답하지 못했던 모양이다.

　3년 후 오자와 씨가 콘서트를 일시적으로 재개하여 우리도 보러 갔다. 그때 처음으로 오자와 씨와 실제로 대면했다. 그 전에 가게에도 한 번 와 준 적이 있지만, 내가 자리를 비운 날이어서 만나지 못하고 말았다. 대기실에서 맥주를 함께 마셨다.

　가케쇼보에서 두 번째 스카이프 중계도 했다. 그때는 스차다라파의 BOSE 씨도 와서 교토에 있는 우리와 미국에 있는 오자와 씨의 가교 역할을 해 주었다. 동일본 대지진 직후여서 재난 후의 생활을 중심으로 이야기했다. BOSE 씨는 어떤 까다로운 문제라도 편안하고 부드럽게 풀어 가는 힘이 있는 사람이었다. 내개는 그런 BOSE 씨가 멋있게 보였다.

　BOSE 씨는 교토세이카대학에서 교편을 잡았는데 수업의 일환으로 가케쇼보가 참여한 적이 있다. 어느 날 교토에 온 오자와 씨와 BOSE 씨를 심야 찻집에서 만났을 때의 일이다. 체인점 카페였는데 끝없이 반복되는 오리지널 곡에 대한 화제가 떠올라, 가케쇼보에서도 이런 오리지널 노래를 만들어 가게에 가끔 틀어 놓으면 어떨까 이야기를 했다.

그 후 실제로 BOSE 씨와 다카노 히로시 씨의 지휘로 학생들이 가케쇼보의 다양한 광고 노래를 제작하여 한 장의 앨범으로 완성했다. 처음부터 끝까지 '가케쇼보'를 외치는 노래를 비롯하여 가사 없는 기악곡, 가요 곡조의 노래 등 다양하고 풍부한 내용이었다. 강사인 다카노 히로시 씨도 짧은 곡을 만들어 주었다.

아, 지금도 제작 발표 전시회장에서 가슴 벅찼던 일이 기억난다. 당시는 경영상으로 무척 힘든 시기였다.

우울하게 하루하루를 보내고 있을 때 와카야마현 신구시에 있는 폐교를 북카페로 바꾸려는데 협력해 달라는 의뢰를 받았다.

일상 속에서 프로젝트를 만들어 내는 '나리와이'라는 활동을 하는 이토 히로시 씨와 NPO 법인 '산 학교' 대표 시바타 데쓰야 씨의 의뢰였다. 이토 씨와는 어느 토크쇼에서 알게 되어 언젠가 뭔가를 함께 하면 좋겠다고 이야기했었다.

신구시 구마노가와초에 있는 구舊 구주초등학교와 주변 가옥은 2011년 태풍에 의한 수해로 침수하고 말았다. 그 후 초등학교를 해체할 예산이 자치단체에 의해 준비되었지만 그럴 예산이 있다면 부술 것이 아니라 재건할 예산으로 사용하게 해 달라고 하여 이 두 사람이 모였다. 고심 끝에 이 제안은 완벽하게 채용되어 구주초등학교는 복합시설로 재건되게 되었다. 이전 급식실이었던 곳이 빵집, 교무실은 카페, 과학실에는 책방이 들어선다는 계획이다. 책방을 가케쇼보가 담당해 보라고 했다.

그때까지 와카야마에는 한 번도 가 보지 못했다. 교토에서 교통편도 좋지 않고 더구나 와카야마에서도 가장 가기 힘든 지역에 구 구주초등학교가 있었다. 정말 주위에 아무것도 없다. 사람이 살지 않는다. 물론 편의점 따위도 없다. 밤이 되면 깜깜하다. 버스는 하루에 한 대. 그 마을에 사는 유일한 초등학생은 『고로코로 코믹』을 사려면 쉬는 날에 시내까지 자동차로 데려가 주지 않으면 안 되는 상황이라고 했다. 또 최근에는 이주해 오는 가족이나 젊은이가 늘어나고 있는데 그런 사람들도 문화에 굶주려 있다는 것이었다. 상권으로서는 전혀 가능성이 없다고 생각했다. 그래도 일부러 제안해 주었으니 현지에 가 보기로 했다.

내비게이션이 없어서 지도를 보며 차로 헤매 가면서 향했다. 가는 데만 6시간 반이 걸렸다. 도착했을 때는 날짜가 바뀌어 있었다.

이튿날 아침 주위를 보니 교정 앞은 강이고 뒤는 산이었다. 내가 거기에서 책방을 시작하는 모습이 그려지지 않았다. 그래도 만약 하게 된다면 정말 대중적인 정보를 갖춘 책방이 좋겠다고 생각했다. 『고로코로 코믹』이나 NHK 교재나 잡지인 『사라이』나 베스트셀러 등을 주요 품목으로 한 책방. 가케쇼보는 그 마을의 수요를 바탕으로 상품을 구비하는 책방이므로 그렇게 하려고 마음먹었다.

그대로 신구 시내의 서점을 정찰하러 갔다. 시내까지는 차로 30분. 새 책을 파는 서점이 두 군데 있었다.

한 곳은 오래된 마을 서점이다. 그 지역 출신 작가이기도 한 나카가미 겐지 코너가 있었다. 상품 구성은 뻔한 마을 책방 느낌이었다. 평대 진열은 기본적으로 한두 권. 동업자인 나는 책방에 들르면 이런 점을 보게 된다. 우리 책방을 생각하며 개인 경영 서점이란 그러한 것이라고 새삼스레 생각한다. 교과서 판매에 힘을 쏟고 있는 분위기로 가게 절반은 문방구다. 오가는 사람들의 역사를 겪어 온 마을 책방. 모두에게 도움이 되어 준 책방이다. 이 마을에서 자란 사람들이 그리는 책방이란 이 가게의 모습이겠구나 생각했다.

또 한 곳은 지방마다 있는 다른 업계에서 참여한 대형 서점이었다. 일본 전국에서 볼 수 있는 책이 많이 진열되어 있었다. 『고로코로 코믹』이 산처럼 쌓여 있었다.

욕망에 솔직한 초등학생은 마을에 들어섰을 때 상품 구성이 많은 책방에 환희했을 것이다. 향수라든가 복고풍 같은 생각을 하지 못하는 세대. 누구도 탓할 수 없다.

가케쇼보에 출점해 달라고 한 장소는 이미 말했듯이 그 시내에서 자동차로 30분이 걸리는 동네다. 내 역할이 어느 정도 파악이 됐다.

그 마을에서 책방을 한다면 쿄토의 가케쇼보와 비슷한 느낌으로 하지 않으면 의미가 없다. 외딴 마을에서는 입수하기 힘든 상품 구성. 일부러 들르게 하기 위한 독자성. 시골이라도 차로 조금만 달리면, 인터넷을 사용하면, 최신 정보를 얻을 수 있다. 그렇지만 직접 책을 구하기 힘든 초등학생을 위해 우선 『고로코로 코믹』은 정기적으로 놓아두도록 하자.

그렇지만 곧바로 결단을 내릴 수는 없었다. 초기 재고를 갖추려면 그 나름대로 돈이 들고 무엇보다 이익이 날지 확신이 없는 계획에는 투자할 수 없다. 시설 영업일은 일단 주말과 공휴일로 한다.

바로 그 조건이 돌파구가 되었다. 우선 임대료가 없다. 나라에서 나오는 보조금으로 인건비와 설비비 등도 당분간 충당할 수 있다. 제반 조건을 해결한 결과 매입하는 일만 생각하면 된다는 걸 깨달았다. 나는 세 번째 방문에서 가게를 내기로 결심했다.

초기 재고는 거의 돈을 들이지 않고 갖추었다. 도서총판을 통해 고른 책은 3개월 뒤부터 결제하는 형태로 변경하고, 상시 재고라는 1년 후에 정산하는 세트 책도 채용했다. 나머지는 직접 출판사 위탁으로 들여오거나 독립출판의 위탁서를 진열하여 책장에 변화를 주었다.

시바타 씨는 시설 이름을 bookcafe kuju로 정했다.

2013년 11월에 오픈하자 신구시에 사는 사람들이 동네 사람보다 더 많이 찾아 왔다. 차로 30분은 교통이 불편한 장소에 사는 사람에게는 '좀 멀다' 정도의 감각인 모양이다. 주말이 되면 휴양 시설이기라도 한 것처럼 사람들이 모여든다. 강에서 놀고 점심으로 빵을 사고, 책을 사고, 카페에서 천천히 읽으면서 먹는다. 다들 그걸 한 세트의 체험처럼 즐긴다. 일부러 왔다면서 무언가를 사 간다. 나는 '조금 불편'이라는 것의 가능성을 재확인했다.

작은 장애물이 있으므로 거기에 가는 일이 하나의 이

벤트가 된다. 도착하기까지 여정과 가게에 들어올 때 분위기가 그 당시 추억의 한 토막이 된다.

'기억을 가지고 돌아가도록' 하는 것이 내가 bookcafe kuju에 관여하면서 배운 점이다. 책이건 잡화건 빵이건 클릭으로 하는 인터넷 쇼핑에서는 맛볼 수 없는 상품에 얽힌 추억. 집에서 그 물건을 보았을 때 '아, 그러고 보니 이건 와카야마의 bookcafe kuju에서 샀지. 그러고 보니 그때……'라고 추억할 때가 있을지도 모른다. 신구시에서 지금도 영업하고 있을 오래된 마을 책방도 사람들 기억을 교차시키는 둘도 없는 장소다.

책방에서 산 책은 모두 선물이다. 나는 그 사실을 깨달았다.

처음으로 매출이 안정권에 접어든 날을 잊을 수가 없다. 오 픈하고 3개월째였는데 스태프를 고용하고 얼마 지나지 않 았을 때. 아직 그즈음에는 자정까지 영업했다.

마지막 손님을 배웅하고 매출액 결산을 시작한다. 느 낌이 좋았다. 직사각형 매출카드가 묵직하다. 그때 전화가 울렸다. 어머니다. 이 시간에 무슨 일이냐고 물었다. 어릴 때부터 신세진 숙부님이 그날 돌아가셨다고 했다. 숙부를 나는 '부릉 삼촌'이라고 불렀다. 숙부는 아버지의 동생으 로 항상 자동차 엔진을 부릉부릉거리며 집에 돌아오기 때 문에 어릴 때부터 그렇게 불렀다. 부릉 삼촌은 가케쇼보가 개점할 때 자기 집 책장에서 잠자고 있던 일본문학전집을 가져 왔다. 좋을 대로 사용하라고 한다. 판매하기에는 조금 어려울 것 같아 책장 북엔드로 사용하거나 특설 코너의 오브제로 이용했다. 그날 부릉 삼촌은 마치 가케쇼보의 매출 안정을 지켜보듯 돌아가셨다.

가케쇼보가 생기는 과정에서 할머니, 아버지, 숙부 세 분이 연달아 돌아가셨다. 나는 커다란 무언가를 잃는 대신에 커다란 것을 점지받았는지도 모르겠다. 가케쇼보는 그즈음부터 순조롭게 매출이 늘어 갔다.

하지만 6년째에 접어들었을 때 성장이 멈췄다. 얼마간 매출은 변동 없이 안정적이었는데 서서히 내려가기 시작했다. 당연히 의기소침해졌다. 여러 가지 탓으로 돌리려 했다. 리먼쇼크라던가 유튜브의 등장으로 음반이 팔리지 않게 된 것 등. 물론 그런 요소도 크게 작용했지만 여하튼 거기에서 가케쇼보는 제1단계의 완성을 맛본 것인지도 모른다.

매출이 좋을수록 상품이 많이 회전되므로 다음 달 결제액이 크다. 그런 당연한 일이 가끔은 부담이 되기도 한다. 그다음 달도 매출이 같은 수준으로 좋으리라 확신할 수 없기 때문이다. 그럴 때는 당연히 자금 조달이 힘들어진다. 나는 어느새 자금 조달로 동분서주하게 되었다. 은행에서도 많이 빌렸다. 대출을 갚을 돈도 빌렸다. 정신을 차리고 보니 이 이상 빌리면 변제해 나가지 못할 정도까지 빚을 졌다. 이러한 사태는 전적으로 경영자로서의 능력 부족에 따른 것이다. 누구의 탓도 아니다. 현실은 매일 그 자리에 있다.

트레이드마크인 외벽도 돌을 지탱하는 나무가 썩기 시작하여 대규모 보강 공사를 할지 큰맘 먹고 외벽 자체를 없앨지 선택해야 할 지경에 이르렀다. 그 이듬해부터는 소비세가 8퍼센트로 오르기로 결정되었고 그런 상황에서 가케쇼보는 조금 있으면 10주년을 바라보고 있었다. 정신적으로 궁지에 몰린 나는 10년이라는 단락이 딱 좋다고 생각했다. 그리고 마음속으로 폐점을 본격적으로 고민했다. 현실에서 도망치고 싶었다.

스태프는 물론 누구에게도 얼마간 그 일은 말하지 않았다. 그 대신 나는 어떤 사람에게 직접 물어보고 싶은 것이 있었다. 책방을 그만둘 때의 심경이다. 그 사람은 하야카와 요시오 씨였다.

하야카와 씨는 원래 작스라는 일본어 록 그룹의 시조 같은 밴드를 이끌던 사람으로 일찍이 음악계에서 모습을 감추고 '하야카와 서점'이라는 책방을 약 20년 운영한 사람이다. 그 가게의 전모가 『나는 책방 아저씨』라는 책으로 정리되어 나왔다. 나도 물론 읽었다. 하야카와 씨는 책방 아저씨를 그만두고 어느 때부턴가 다시 노래를 시작했다. 그즈음의 심경을 정리한 『영혼의 장소』라는 책도 있는데 거기에는 하야카와 서점의 마지막 날이 극명하게 쓰여 있다. 나는 그 문장 뒤에 숨은 말을 직접 물어보고 싶었다.

교토에 온 하야카와 씨 라이브에 가서 공연이 끝나고 인사하러 갔다. 하야카와 씨는 가케쇼보의 단골손님에게서 우리 가게에 대해 들었던 모양이다. 그때는 책방을 그만두려 한다고 이야기하지 않았다. 현역 서점주와 전 서점주의 토크와 연주에 이야기를 곁들인 2부 구성 라이브를 부탁해 보았다.

하야카와 씨는 입을 열자마자 "책방을 그만두고 솔직히 편안해졌습니다"라고 말했다. 나는 하야카와 씨가 어깨의 짐을 내려놓은 날의 상쾌함을 쉽게 이해할 수 있었다. 나는 그만두기도 전에 몇 번이고 그 일을 스스로 상상해 보았기 때문이다.

『영혼의 장소』 중 「폐점한 날」에는 다음과 같이 적혀 있다.

폐점한 날 나는 울고만 있었다. 눈물이 끝없이 나왔다. 책장을 보고 있는 것만으로 눈물이 흘러내렸다. 손님과 말을 주고받는 것만으로 눈물이 났다.

폐점을 알고 매일 오는 손님이 있다. 이제 우리 가게는 그 사람이 살 만한 것은 남아 있지 않다. 그런데 무엇인가 찾아 간다. (중략) 이와나미 문고가 반품되지 않는다는 걸 알고 그것만 사 가는 손님도 여럿 있었다. 전별금을 놓고 가는 사람도 있었다. 그분은 친한 사람도 아니었다. 가게 앞에 멈춰 서서 들어오자마자 "너무 서운해요"라면서 울음을 터뜨렸다. 예순 살 정도의 사람이다. 다른 손님이 일제히 이쪽을 바라본다.

뜻밖이었다. 흔히 말하는 단골이나 친한 손님(물론 안타까워해 줬지만)보다도 별로 눈에 띄지 않는 사람, 한 번도 이야기한 적이 없는 사람이 아쉬워했다. 생각지도 못했던 일이다. (중략) 눈에 보이지 않을 정도의 작은 감동이 책방에는 매일매일 있었던 거다. 감동은 예술의 세계에만 있지 않고, 아무것도 아닌 일상생활에도 비슷하게 있는 거다. 나는 그것을 폐점일에 손님에게 배웠다.

나는 이 글을 읽고 상상했다. 마지막 날 나도 비슷한 심정일까? 가게에 나오지 못하게 되었을 때 매일 가게를 꾸려 가던 날들이 자랑스럽게 느껴질까?

하야카와 씨의 이벤트 당일 아침 나는 이것이 가케쇼보의 마지막 이벤트인 것 같은 심정으로 깨어났다. 하야카와 씨의 노래와 말이 나에게 무엇을 가르쳐 줄까.

하지만 거기에는 완전하게 음악가가 된 하야카와 씨가 있었다. 서점주였던 하야카와 요시오 씨는 책에 쓰여 있는 걸로 이제 송두리째 완결되어 있는 것 같았다.

역까지 가는 자동차 안, 둘만 남았지만 나는 가케쇼보를 그만두려 한다는 말을 하지 못했다. 나는 아직도 망설이고 있는지 모르겠다.

한 권의 책이
남긴

20대 시절, 빚이 있는 사람들이란 돈에 헤픈 사람이거나
큰 실패를 한 사람이라고 생각했었다. 얼마 안 되는 월급을
다달이 받아 큰돈을 쓰는 일도 없이 살던 나는 그런 것과는
상관없는 인생을 보내리라 믿었다.

가게를 하지 않았다면 분명 상관없는 일이었다. 필요
도 없는데 돈을 빌리는 사람은 없다. 내 가게를 시작하고도
빚을 질 것이라는 생각은 전혀 없었다. 책방이라는 업종이
돈을 벌기 힘들다는 것은 알고 있었기에 마이너스가 되지
않는 선에서 간신히 생활해 갈 수 있기를 바랐다.

하지만 매월 매입, 매출, 결제라는 돈의 사이클을 계속

회전시키는 와중에 기어이 터질 것이 터지겠구나 하는 달이 있다. 안일한 예측 탓에 괴로운 선택을 강요당하는 일이 있다. 만전을 기해 임한 프로젝트가 큰 손해를 입는 일이 있다. 그것이 연쇄하는 빚의 시작이 되기도 한다.

초창기에는 돈이 부족한 달은 저금을 깨서 해결했다. 보통예금이 바닥나자 다음은 정기예금에 손을 댔다. 어느새 정기예금도 다 사라지고 나는 기로에 내몰렸다. 이제 어디에서도 돈을 구할 데가 없다. 매출은 꾸려 갈 만큼 일정 수준을 유지하고 있지만, 6년째부터 제자리걸음을 하며 매년 조금씩 줄어들었다. 큰 금액을 결제해야 할 때면 모자라는 달이 나타났다. 나는 드디어 은행에서 대출을 받았다. 대출이라 하면 그럴 듯하지만 결국 빚이다. 그때까지도 은행 사람이 가게에 자주 찾아와 대출 안내를 했었다. 처음에는 흘려버렸는데 목구멍이 포도청으로 돈이 필요해지자 하늘의 계시처럼 들렸다.

가게를 막 시작했을 때 젊은 점주와 이야기하면서,

"매출이 나빠져서 어떻게 할 수 없게 되면 가게를 접겠습니다. 빚을 지면서까지 하는 건 아니라고 생각하니까요"라는 말을 들었는데 빚을 지면서까지 계속하고 있는 나는 역시 바보인가. 반면 돈이 바닥나 버렸어도 자존심이란 것이 나에게는 있는 거 같다.

옛날 어느 토크쇼에서 이런 질문을 받은 적이 있다.

"야마시타 씨는 손님 취향에 맞춰 상품을 구성한다고 말씀하시는데요, 그럼 가게를 하는 데 야마시타 씨 개인 주장이나 하고 싶은 것은 없습니까?"

내가 하고 싶은 일. 잠시 생각했지만 해답은 금세 분명해졌다. 가게를 존속하는 것. 방법론이 어찌 되었든 이미지가 어떻건 나는 그때 어떻게 해서라도 가케쇼보를 계속하고 싶었다.

왜 이렇게 옹고집이 되었나? 나이 먹어서 일이 없어서? 한번 내건 간판을 내린다는 건 자존심이 허락하지 않으니까? 빚이 아직 남아서? 책방 주인이라는 직업이 좋아서?

솔직히 말해서 모두 정답이다. 그래서 고민했다. 빨리 접을 수 있다면 얼마나 좋을까. 아마도 진심으로 그만두어야겠다 생각한다면 간단히 그만두겠지.

가케쇼보 후기 5년간 나는 잠을 자도 깨어나도 매일 즐겁지 않았다. 원인이 무엇일까. 첫째는 돈. 나머지는 개인적인 것. 공적으로나 사적으로나 얽매여 있었다. 이제는 현실에서 도망치고 싶었다. 진심으로 가게를 그만두려고 생각하기 시작했다. 가게를 그만두면 편해진다. 모두 끝난다. 사쿄구에 오지 않아도 된다. 잡지에 실렸을 때의 처신 등을 신경 쓰지 않아도 된다. 그런 생각을 하니 우선 해방감에 빠졌다. 어딘가 전혀 알지 못하는 지역으로 이사해서 전혀 다른 직업을 고르고 정사원으로 월급을 받으며 정시 퇴근 후 시간이나 주말 여가를 자신의 취미 시간으로 마음껏 쓰자고 진지하게 그려 보았다.

매달 주어진 일에 종사하면 정해진 금액을 받을 수 있다니 회사원이 부러웠다. 인간관계만 참으면 된다고 마음을 굳혔다. 그래도 그건 상상 속의 회사원이다. 실제로는 지금 생활보다 힘든 문제가 또 생겨나겠지. 일이란 기본적으로 인간관계다. 이전에 나도 회사원을 해 봤는데 좋은 인간관계의 직장운은 없었다. 그런 것을 정말 다시 견뎌 낼 수 있을까?

교토에 돌아오고 얼마간 생활을 위해 근처 편의점에서 야간 아르바이트를 한 적이 있었다. 당시에는 아직 큰딸이 어릴 때라 모두 함께 저녁을 일찍 먹은 후 큰딸에게 인사하고 출근했다. 그리고 다음날 아침까지 주인이 지켜보는 현장에서 쉬는 시간 없는 노동이 계속된다. 저녁노을이 세상의 끝처럼 보였다. 아직 가게를 시작할 아무것도 정해지지 않아서 불안정한 시기였다.

가게를 그만둘지 고민할 때 소설가 이시이 신지 씨와 한밤의 교토를 둘이서 한잔하며 걸었던 날이 있다.

이시이 씨에게는 여러 가지 신세를 졌다. 「그 자리 소설」이라는 이시이 씨가 즉흥으로 소설을 써 내려가는 이벤트가 있었는데 어떤 때는 나를 주인공으로 한 이야기가 가케쇼보의 창에 하얀 펜으로 그려졌다. 밥 딜런의 오사카 공연을 함께 보고 나서 이시이 씨 집에서 잔 적도 있다. 눈 쌓인 섣달그믐날 갑자기 불려 나가서 라디오 공개방송 현장에 방치되어 그대로 한 해의 마지막 날을 넘긴 적도 있다. 또 가케쇼보가 이시이 씨의 아이디어집을 편집하여 출판하기도 했다.

나는 이시이 씨에게 가게를 접으려 한다고 솔직히 털어놓았다. 그리고 자학적으로 어느 편의점에서 야간 아르바이트라도 해서 생활하겠다고 말했다. 그러자 이시이 씨는 그러냐며 술을 들이켠 후,

"그러면 나도 소설로 먹고살 수 없어지면 같은 편의점에서 함께 일하지, 뭐. 나랑 야마시타가 일하는 편의점이면 정말 재미있는 편의점이 될 거야" 하고 말했다.

항상 처음으로 돌아갈 각오가 이 사람에게도 있다는

것을 깨달음과 동시에 그의 다정한 말에 하마터면 눈물을 쏟을 뻔했다.

10월 초순 어느 날 아침 10년 만에 처음으로 책방에서 조례를 했다. 드물게 스태프 전원이 가게에 모였다. 나는 2013년 말까지 하고 가게를 닫겠다고 모두에게 발표하려고 했다.

그 단계에서는 아직 우메노, 기타무라, 도키 누구에게도 얘기하지 않았다. 내 마음 속으로만 정해 놓았던 일이다. 그들에게 이 이야기하면 한 계단을 올라가는 것과 같다. 나는 10년이라는 고비가 정리할 때라고 느꼈다.

그들에게 12월 31일 자로 폐점한다고 알렸다. 시선을 어디에 두어야 할지 몰랐다. 다들 어떤 반응을 할지 예상할 수 없었기 때문이다. 그들은 담담하게 들었다. 점주인 내가 정했다면 어쩔 수 없다고 생각했던 모양이다. 더 맹렬히 반대할지 모른다고 생각했기에 조금 허탈했다.

하지만 그들은 한 사람 한 사람 가라앉은 목소리로 자신의 의견을 이야기했다. 그 생각은 조용하지만 연기를 내는 불꽃같았다. 내가 결정했으니 말릴 수는 없지만 자기들은 힘을 다 쓴 것이 아니다. 끝내려면 더 힘써 보고 나서 정하자고 입을 모아 말했다. 얘기하는 모습은 평소와 다름없었지만 눈을 보니 눈물을 글썽이는 사람도 있다. 단순한 나는 그들의 속마음을 듣고 그만두는 걸 곧바로 철회하고 싶은 기분이었다. 그리고 조례가 끝날 즈음에는 우선 남은 2개월은 전력을 다하고 마지막 한 달에 새롭게 진로를 정하자고 이야기했다. 조례는 어느새 결기 대회처럼 바뀌었다.

그렇다고 무언가 갑자기 확 변하는 일은 당연히 없었다. 나는 변함없이 불안정한 날들 속에 역시 그만둘 수밖에 없겠다고 생각했다. 그러던 어느 날 오자와 겐지 씨에게 전화가 왔다.

오자와 씨는 항상 가케쇼보를 신경 써 주었다. 예의로라도 오자와 씨에게는 상황을 전하기로 했다. 외국에 있는 오자와 씨에게는 직접 만나거나 이야기할 시간도 좀처럼 내기 힘들 테니 지금 얘기해야겠다고 마음먹었다. 나는 이야기 끝에 그 일을 전했다. 오자와 씨는 무척 안타까워하며 이야기를 들었다. 그리고 그대로 통화는 끝났다. 그러더니 5분도 지나지 않아 휴대폰이 울렸다. 오자와 씨였다.

"조금 전 그만둔다는 말 더 자세히 말씀해 주겠어요?"

놀라움과 동시에 기뻤다. 나는 있는 그대로 이야기했다. 오자와 씨는 폐점까지 공지 기간을 두지 않고 갑자기 가게를 접으려 하는 나의 영웅주의를 이전의 자기 밴드와 비교하며 자신도 그랬기 때문에 이해한다고 말해 주었다. 그 뒤로 여러 차례 통화를 했다. 그때마다 오자와 씨는 여러 가지 아이디어를 구체적으로 들며 제안하고 다양한 사람들을 소개했다. 그들은 일부러 시간을 내어 교토까지 와주었다.

그중에서 어느 IT 계통의 사람과 가케쇼보 재건 이야기가 진행되었다. 알기 쉽게 말하면 개인 사업인 가케쇼보를 회사 조직화하여 회계를 투명하게 하고 그 IT 사람과 공동 경영하는 계획으로 자본금은 그 자신, 그와 관련된 사람들 그리고 나도 출자하는 것이었다. 나는 미팅을 위해 도쿄로 갔다.

만나기로 한 날은 4월 1일 만우절이었다. 나는 다이칸 야마역 앞에 우두커니 서 있었다. 오후였는데 세련된 옷을 입은 남녀노소가 웃는 얼굴로 지나갔다. 저 앞에서는 역 앞을 지나치는 세련된 젊은이에게 말을 건네며 스냅 사진을 찍는 잡지 기자들도 있었다. 이 장소에 어울리지 않는 나. 나는 돈이 오기를 기다리고 있었다.

지난달 오사카야에 결제할 금액이 부족했다. 물론 내 잘못이지만, 오사카야와 통화 중에 지금 도쿄에 있어서 곧바로 돈을 준비하기 힘들다는 이야기를 하자 말도 안 된다는 답변이 돌아왔다. 나는 그날 저녁때 만날 약속을 한 IT 회사 사장에게 상황을 이야기하고 개인 명의로 돈을 빌리기로 했다. 그 돈을 받을 장소가 다이칸야마였다.

비참했다. 행복한 듯 걷고 있는 세련된 사람들 속에서 빚을 갚아 달라고 부탁하고 필사적으로 그 돈이 수중에 들어오기를 기다리는 나. 아직 안 지 얼마 되지도 않은 나에게 상당한 금액을 빌려주겠다는 그 사람의 넓은 아량에 열등감을 느꼈다.

하지만 나는 그 사람과 결국 처음부터 마지막까지 보폭을 맞추지 못했다. 보폭이라고 할까 내가 오른쪽으로 향하면 그 사람은 꼭 왼쪽으로 향하는 것처럼 늘 선택의 차이가 있었다. 그 사람이나 나나 그때까지 자신의 속도와 방법으로 일을 진행해 온 부류였다. 필연이기도 했지만 내가 일하는 방식이 비효율적이라는 것은 명백했다. 그 사람에게도 여러 사람을 소개해 준 오자와 씨에게도 기회를 살리지 못하고 끝나 버린 일에 대해 정말 죄송하게 생각한다.

그러나 그런 사정들로 나는 결과적으로 가케쇼보를 1년간 연명하기로 했다. 당초 그만두려고 했던 2013년 연말은 아직 법인화를 향해 움직이기 시작하던 시기여서 여러 사람과 이야기를 맞춰 가느라 가게를 그만둘 시기를 놓치고 말았다.

여름이 되기 조금 전 일련의 재건 프로젝트는 미수에 그치고 일단 개인 사업으로 가게를 계속하기로 했다. 나는 이제 이대로 갈 수 있는 데까지 계속할 수밖에 없을지도 모른다.

마지막으로 얻어 낸 그 1년은 현재로 이어지는 없어서는 안 될 1년이었다고 지금에서야 말할 수 있다.

시작은 술자리였다. 헌책과 그릇을 취급하는 고토바요넷의 마쓰모토 신야 씨와 중고 레코드와 헌책을 취급하는 100000t얼론투코의 가지 다케시 씨와 함께 사쿄구 데마치야나기의 술집 카운터에서 개인 점주들의 지친 상처를 서로 어루만지는 중이었다. 며칠 전 우리는 어느 절을 빌려서 세 점포 합동 이벤트를 개최하기 위해 현장을 사전 답사하러 갔다. 미팅이라는 구실로 모였지만 결국 장황하게 쓸데없는 이야기만 늘어놓았다. 그 이야기 중에 셋이서 뭔가 함께 할 때 쓸 팀명을 생각해 보자는 데까지 이르렀다. 완전히 심심풀이 반. 동네 축구를 할 때 팀명을 정하는 듯한 모양새였다.

　나는 '좌'座(극장)라는 말이 생각나서 두 사람에게 이야기했다. 스카라좌처럼 가타가나와 한자를 붙인 단어를 쓰고 싶었다. 거기에 이어 마츠모토 씨가 '호호호좌'는 어떠냐고 물었다. 가타가나 ホ는 세로도 가로도 대칭이 되고, 선 하나로 글자를 이을 수 있는 재미있는 성질이 있다. 가지 씨가 그거 좋다면서 분위기가 한껏 고조되었다. 하지만 발음하기가 어렵다면서 자연스럽게 기각되었다.

　마쓰모토 씨와 처음에 말을 튼 것은 미드나이트 가케쇼보라는 심야 영업 이벤트에서였다. 가케쇼보의 계산대에 카메라를 설치하고 물건을 구매한 손님이나 우리에게 주려고 과자 같은 것을 가져온 사람이 카메라를 보고 자유롭게 떠드는 기획이었다. 계산대에 아무도 오지 않는 동안에는 나와 마쓰모토 씨 둘이서 카메라 앞에서 아무래도 좋은 이야기를 늘어놓았다. 그 이벤트를 세 번 정도 하면서 우리 둘은 아주 가까워졌다.

　또 언젠가 사쿄구의 이벤트 뒷풀이 회장에서 나는 마쓰모토 씨 옆에 앉게 되었다. 앉자마자 어느 쪽이 먼저랄 것 없이 요즘 멋 부린 책들의 한결같은 센스에 대해서, 그것을 맹목적으로 믿어 의심치 않는 사람들에 대해 군소리를 했다.

　이야기는 그런 멋만 부린 책이 아니라 진짜 멋진 물건을 만들고 싶다는 쪽으로 흘러가 결국에는 직접 책을 만들면 어떠냐는 화제로 넘어갔다. 그러나 그때 우리가 생각한 책은 주류에 대한 비방적인 방향성을 강화한 기획으로 지금 여기에 쓰기도 꺼려지는 경박한 내용이었다. 즉흥적인 생각만을 담은 팔리지 않을 아마추어 발상이라는 사실을 하마터면 실행에 옮기기 직전에 깨달았다. 나이도 먹을 만큼 먹은 어른이 돈과 시간을 들여 물건을 만들 때는 구매자를 의식해 완성도 있는 것을 내놓아야 한다. 특히 지금의 우리는.

　마침 어느 카페 점장이 농담 반으로 카페의 2층에서 무언가 전시해 보지 않겠느냐고 나에게 말을 꺼냈다. 누가 제안을 하면 일단 생각해 보는 사람인지라 생각해 보았지만 전시할 만한 것이 없다. 다만 전시용으로 무언가를 만들기는 가능할지 모른다. 카페에서 한다면 카페에 오는 사람이 흥미를 가질 것을 만들자. 그렇다, 카페에 관한 책을 만들어 그 공정을 사진과 문장으로 남기고 전시하여 전시회장에서 실제로 만든 책도 팔면 좋지 않을까.

　그로부터 몇 개월이 지나고 슬슬 취재를 시작할까 하

던 때 마쓰모토 씨를 만났다. 나는 마쓰모토 씨에게 지금 이런 기획을 시작하려고 한다고 이야기했다. 마쓰모토 씨가 지역 정보에 밝다는 것을 알고 있었으므로 힌트가 될 만한 정보를 얻을 수 있겠다고 생각했다. 그러자 마쓰모토 씨는 괜찮다면 자신도 함께 하고 싶다고 제안했다. 물고기가 떡밥을 제대로 삼킨 셈이다.

둘이서 교토의 카페 여러 곳을 조사했다. 여성 혼자 경영하며 개성 있는 가게. 그때까지는 깨닫지 못했지만 교토는 개성파 카페가 많은 도시다. 소개할 카페 점주는 가능하면 젊은 사람부터 나이 든 사람까지 폭넓게 다루고 싶었는데 나이 든 분들은 벽이 높았다. 그중에서 우리는 카페 일곱 곳을 선정했다. 그리고 우리가 만든 책을 판다는 전제하에 작업을 시작했다.

당시 가케쇼보에서 잘 팔리는 주제는 '교토', '카페', '여성' 세 가지였다. 이 주제를 표지로 보여 주어 먼저 관심을 끌고, 실제로 내용 속에 등장하는 점주들 전원이 주역인 군상극 같은 책을 만든다는 계획이었다. 처세술 책이 아닌 살아가는 법을 다룬 책. 거기에 구체적인 해답은 실려 있지 않다. 하지만 7인 각자의 생각과 삶이 있고 거기에 생활이라는 이야기의 진실이 있다. 왜 카페를 시작했나? 거기에 이르기까지의 이야기, 시작한 날의 이야기, 시작하고 나서의 이야기, 앞으로의 이야기. 좋은 것만 보여 주는 것이 아니라 진짜 살아 온 이야기, 살아갈 이야기를 남자의 시선으로 캐낸다.

보통 카페를 소개하는 책들은 흰색 표지로 이상적인 라이프스타일을 제시하는 느낌이 많다. 우리는 이런 책들에 진저리가 나 있었고, 그런 책은 편집부가 만든 이상일 뿐 독자의 일상과 맞닿아 있지 않다고 생각했다. 우리가 만들 책은 그런 종류의 책을 만드는 사람들을 향한 제안이기도 했다.

인터뷰와는 별도로 전원에게 앙케이트도 실시했다. 30항목이나 되는 조금 짓궂은 질문지였다. 인터뷰란 애드리브 성격이 강하다. 진행자의 말투나 분위기에도 좌우된다. 그러므로 그와는 다른 자신의 '공간'에서 주장할 수 있는 장을 마련하고 싶어서 앙케이트라는 형태를 도입했다. 혼자서 자신이 고른 말로 몇 번이고 쓰고 고칠 수 있다. 거기에는 그 사람에게 깔려 있는 사상이나 말의 센스가 보인다. 우리는 그것을 다시 일람표로 만들었다. 대답이 병렬과 횡렬로 놓여서 각 점주의 개성이 부각되도록 하였다.

카페의 외관은 특별히 다루지 않는다. 외관은 다른 가

이드북에 많이 실려 있고, 점주의 의도대로 손댈 수 없는 부분이기 때문이다. 점주의 철학을 엿볼 수 있는 것은 아니라는 말이다. 그것보다도 내부 소품이나 메뉴에서 가게의 개성이 나온다. 우리는 거기에 착목하여 메뉴를 그대로 스캔하고 소품을 일러스트로 그려 냈다.

디자이너인 하야카와 히로미 씨(이 책을 계기로 우리 멤버가 되었다)의 자유분방한 레이아웃이 일품이다. 폰트도 기존의 폰트를 다르게 바꿔 보고, 페이지 숫자 위치도 일부러 엇갈리게 했으며, 때로는 매스게임처럼 많은 사람들로 글씨 형태를 만든 사진을 쓰기도 했다. 기본 종이에도 갱지 같은 색을 살짝 입혔다. 사진을 쓸 때는 또렷하지 않게끔 흐릿해 보이는 특수 효과를 주었다. 도판은 일러스트 중심이다. 책의 모델은 하나모리 야스지★가 만들던 『삶의 수첩』이었다. 우리는 제대로 된 '상품' 만드는 법을 하나모리 야스지에게 배운 셈이다.

취재 과정에서 취재처 카페 스태프가 1일 점장으로 데뷔한다는 이야기를 듣고 정말 카페를 시작한 날을 취재하게 된 우연도 있었다. 책이 조금씩 완성되면서 우리는 호호호좌라는 이름으로 책을 출판하기로 했다.

후기는 소설가 요시모토 바나나 씨에게 부탁했다. 가

★일본의 명평집자.

케쇼보를 소설에 등장시켜 준 바나나 씨에게는 여러모로 신세를 졌다. 바나나 씨가 그녀들의 삶의 방식을 꼭 읽어 보고 감상을 들려주었으면 했다. 아니나 다를까 바나나 씨의 후기에는 그녀들의 삶의 방식에 대한 코멘트가 제대로 표현되어 있었다. 그리고 나는 그녀들이 인터뷰에서 남긴 말을 이용하여 한 편의 시를 엮어 말미에 장식했다.

내용이 정해지면서 또 하나의 큰 요소인 외양을 생각해야 했다. 후쿠인칸쇼텐에서 발행하는 그림책이 모티프가 되었다. 표지도 그림책처럼 하고 판형도 A4사이즈로 만들어 일반 서적보다는 조금 컸다. 또 그림책 맛을 내기 위해 커버와 띠지는 만들지 않고 마분지 같은 두꺼운 종이를 사용했다. 뒷표지는 후쿠인칸쇼텐의 그림책에 적힌 '읽어 준다면 ○세부터, 스스로 읽는다면 ○세부터'를 인용하여 '읽어 준다면 4세부터, 스스로 읽는다면 사회에 나와서부터'라고 넣었다. 졸업 앨범 같은 존재감의 책이 되었다.

초판 한정 특전도 마련했다. 나와 마쓰모토 씨가 이 책을 만들면서 주고받은 메일, 이 책을 만든 의도, 주의했던 점 등을 정리하며 타블로이드 사이즈로 인쇄하였다.

그리고 발매일을 기다렸다. 두근두근했다. 책 실물을 직접 본 순간 나는 호호호좌의 일원으로서 정말 기뻤다. 책의 제목은 『내가 카페를 시작한 날』. 스물한 살 『하이킨』이 완성되었을 때 느꼈던 기쁨보다도 훨씬 현실적인 꿈으로 여겨졌다.

ByeBye 흐름서 퍼
Hello 써어 써어 써어 써

『내가 카페를 시작한 날』은 발매와 동시에 엄청난 기세로
팔렸다. 처음에는 우리 가게에서만 팔 생각이었지만 여기
저기서 판매하고 싶다는 고마운 목소리가 들려, 의뢰받은
곳에만 제공했다. 게이분샤 이치조지점에서는 그달 매출
1위가 되고 가케쇼보에서도 이전에 볼 수 없던 만큼 팔려
나갔다. 그리고 첫 번째로 찍은 1천 부는 간사이 지방★ 판
매로만 2개월 만에 품절되었다.

　　우리는 재판해야 하나 고민했다. 이만한 반응이라면
같은 방법으로 중판하기보다 호호호좌의 명함이 될 이 책
을 정식 출판사에서 내어 출판시장에 정착시키면 어떨까

★교토, 오사카를 중심으로 한 일본의 서쪽 지방.

277

했다. 우리가 하고 싶은 것은 자기표현이 아니라 영역을 넓히기 위한 비즈니스였다.

우리는 실적을 가지고 몇 군데 출판사에 제안했다. 그러자 이전에 함께 이벤트를 했던 쇼가쿠칸의 편집자가 관심을 보였다. 쇼가쿠칸이라는 대형 출판사에서 나온다는 영향력이 재미있었다. 우리는 고민 끝에 쇼가쿠칸에 부탁하기로 했다.

한편 11년째를 맞이한 가케쇼보는 『내가 카페를 시작한 날』이라는 책이 발매되면서 또 다시 새로운 장이 열리는 분위기였다. 그런 어느 날 고토바요넷을 하던 마쓰모토 씨가 농담 반으로 가게 1층이 계속 비어 있으니 거기로 옮겨 보지 않겠냐고 제안해 왔다. 나는 이곳에서 10년 이상이나 해 왔는데 이제 와서 바꾸겠냐며 그냥 웃어 넘겼다. 말은 그렇게 했지만 머릿속에 남아 있었다. 노후화되는 책방과 비싼 월세가 여전히 나를 짓누르고 있었기 때문이다.

가케쇼보에서 걸어서 15분 정도에 있는 현장을 보러 갔다. 지금보다 좁지만 인상은 나쁘지 않다. 무엇보다 새로운 일이 가능할 것 같다는 느낌이 들었다. 월세도 저렴했다. 두 번째 보러 간 날 현장에서 이전하겠다고 마쓰모토 씨에게 알렸다. 거기에서 가게를 어떻게 할지 이미지가 그려졌기 때문이다. 이전하려면 이름도 바꿀 생각이었다. 그 외관이 아닌 가게는 역시 가케쇼보라 할 수 없다. 처음에 진심으로 '신 가케쇼보'라는 이름이 어떠냐고 마쓰모토 씨에게 물었더니 차라리 호호호좌로 해 버리라고 했다. 그러면 고토바요넷도 호호호좌로 이름을 바꾸겠다고 한다. 편집 회의가 곧바로 가능한 환경이 만들어지고 있었다. 나는 잠시 망설인 후 가케쇼보라는 이름을 완전히 버리고 호호호좌로 개명하기로 결심했다.

지난해에 폐점 선언을 하고 1년 후인 2014년에 또다시 아침 조회를 했다. 이번에는 그만둔다는 비관적인 이야기가 아니라 이전하여 상호를 바꾼다는 이야기다. 다들 이전은 납득했지만 개명은 당혹해하는 것 같았다.

이전 가케쇼보를 그만두려고 했을 때, 폐점 1개월 전에 사람들에게 폐점 선언을 하고 산뜻하게 섣달그믐날 사라지려고 했었다. 고별 이벤트를 하지 않는 건 괴짜인 나의 마지막 미학이었다. 하지만 폐점을 털어놓은 몇 안 되는 사람 중 하나인 친구, 바람 박사 스기야마 다쿠가 고별 이벤트를 자신이 책임지고 하겠으니 꼭 맡겨 달라고 했다. 상당히 감격했다. 맡겨 달라는 사람이 있다면, 지금까지 신세 진 사람들에게 감사를 담아 이벤트를 하기로 마음을 고쳐먹었다.

　정식으로 이전, 개명이 결정되자 스기야마는 약속한 대로 고별 이벤트를 개최하기 위해 움직였다. 가케쇼보의 창립일인 2월 13일로 날짜를 정했다. 신기하게도 12년째인 그날은 또 금요일이었다. 제목은 내가 정했다. 'ByeBye 가케쇼보 Hello 호호호좌'.

　가케쇼보도 보름을 남겨둔 2월 매출은 평상시보다 좋았다. 가케쇼보가 없어지는 걸 안타까워하며 계산대에서 말을 건네는 손님도 드문드문 있었지만, 기본적으로는 스태프와 함께 매일 평소처럼 일했다. 그런 식으로 시간이 지나 특별한 일 없이 그날을 맞이했다. 그날은 가게 개점에서 마감시간까지 종일 점내에서 프리 라이브를 개최했다. 안도 아키코, AUX, 오쿠노 오사무, 바람 박사, 가리키린, 더 도쿠로즈, 스즈 멤버, 하세가와 겐이치, 하야시 다쿠, 후치가미와 후나토, 요시다 쇼넨. 모두 가케쇼보와 관련 깊은 사람들이다. 나는 2010년에 그들과의 교류를 정리한 『교토의 음악가 안내』라는 소책자를 낸 적이 있는데 당일에는 그 책자를 팸플릿 대신 복간 판매하기로 했다.

　날씨는 화창했다. 그날은 평일이었지만 가케쇼보 시작 이래 가장 많은 사람들이 찾아 주었다. 가게 안은 사람들이 빽빽하여 산소 부족 상태. 그런 가운데 손님들은 이동하면서 라이브를 즐겼다. 종일 인사하느라 바빴다. 나는 아마나쓰 하우스의 하야시 하즈키 씨가 가져온 떡을 가케쇼보 앞에 설치한 자동차 위에 올라가 높이 던졌다.

안타까운 마음은 조금도 없었다. 새로운 지평이 열린 느낌이었다.

모든 라이브가 탈 없이 끝나고 마지막 AUX의 라이브도 앙코르를 끝냈을 때 한 통의 전화가 울렸다. 출산 휴가로 그날 오지 못한 도키였다. 도키는 "지금 아기가 태어났어요!" 하고 전화 너머로 알려줬다. 절묘한 타이밍에 놀란 나는 기뻐서 스테이지에 그대로 뛰어올라 마이크로 가게에 있는 모두에게 그 소식을 큰소리로 알렸다. 그리고 가케쇼보로서 마지막 인사를 했다.

가케쇼보는 사상 최고의 매출을 기록하며 마지막 영업을 끝냈다. 하지만 이전 작업이 곧바로 나를 기다리고 있었다. 가장 큰 작업은 외관 철거 공사다. 업자에게 부탁하면 막대한 금액이 들기 때문에 주변 친구들 힘을 빌려 해결하기로 했다.

우선 상징적인 가케 자동차를 어떻게 할 것인가. 마침 같은 사쿄구에 있는 아방가르드한 술집 무라야의 점주가 갖고 싶다고 해서 바로 주었다. 이제는 무라야 안마당에 가면 그 자동차가 궁색하게 들어앉아 있다.

다음은 외벽. 하루로는 불가능하다. 간이 구조물을 만

들어 발판 삼고 발밑에 관 같은 나무 상자를 설치하여 위에서 돌을 그리로 떨어뜨려 모은다. 어느 정도 쌓이면 뒤편 차고에 다시 쌓는다. 그 작업은 일손이 필요하므로 '가케쇼보의 돌이 갖고 싶은 사람, 전원 집합!'이라는 이벤트를 하여 뜻 있는 분들의 도움을 받아 약 일주일 걸려 해체했다.

벽이 없어진 점포를 저녁때 밖에서 바라보니 무척 세련되고 파리에라도 와 있는 것 같은 가게가 나타났다. '돈을 들여 쓸데없는 짓 하지 말고 처음부터 이대로 했으면 좋지 않았나?' 11년 전의 나의 감성을 의심했다. 하지만 그것이 있었기에 가케쇼보가 모두에게 인지된 거라고 다시 생각했다.

호호호좌의 점포 오픈 날은 4월 1일 만우절로 정했다. 그날 『내가 카페를 시작한 날』의 전국판도 발매하기로 했다.

호호호좌는 이제 책방이라 하지 않는다. 모체는 4인조 편집 그룹. 점포는 '책이 아주 많은 선물 가게'를 강조한다. 책방에 실망했기 때문이 아니라 조금 불편한 장소에 일부러 찾아와 체험하듯 물건을 구매하고 돌아간다는 의미로 책도 포함하여 모든 것이 선물은 아니냐는 뜻을 담았다. 호호호좌의 존재 의의는 내가 bookcafe kuju에서 재확인한 것처럼 그곳에 가기까지의 여정과 공간에 대한 인상, 또 그곳에서 사서 돌아가는 아이템에 추억이 깃들어 있는 것이다. 그러므로 나는 상품이 꼭 책이 아니어도 좋다고 생각한다. 지금까지 책방을 했으니 노하우를 살려 앞으로는 오리지널 상품의 비중이 큰 안테나숍★을 목표로 하고 있다. 호호호좌의 입지가 관광지의 샛길이기도 하여 교토를 관광하는 사람들이 많이 지나다닐 것을 고려하여 그렇게 정했다.

오리지널 상품의 강점은 우선적으로 상품을 팔 수 있다는 것과 높은 이익률이다. 보통 유통사를 거쳐 들어온 책의 이익률은 약 20퍼센트지만 우리 가게에서 직접 만든 상품을 팔면 제작비 등의 경비만 들고, 어딘가에 제공한다 해도 60에서 70퍼센트로 판매할 수 있다. 카페 책을 만든 체험에서 배운 사실이다.

호호호좌는 히로시마현 오노미치시에 지점이 있다. 그곳은 진zine★★ 등의 소책자나 출판사가 발행한 책 등도 판매하는데 주력 상품은 수제 과자다.

호호호좌는 이렇게 가면 된다. 앞으로 호호호좌라는 이름으로 가게를 하고 싶다는 사람이 나타나도 우리가 괜찮다면 그게 무슨 가게든 상관없다. 홋카이도에서 호호호

좌라는 채소 가게를 해도 좋고 오키나와에서 호호호좌라
는 자전거 가게를 해도 좋다. 더 나아가 가게가 아니어도
좋다. 극단이어도 좋고 밴드명이어도 좋다. 덧붙이자면 사
람이 없어도 좋다. 이를테면 코인 빨래방 호호호좌 같은 가
게도 좋다. 마을별로 호호호좌가 있고, 각자 호호호좌라는
이름을 지역에 선전하는 수단으로 이용할 수도 있겠다. 그
리고 그런 사람들끼리 네트워크를 통해 서로의 상품을 알
린다면 각 점포마다 재미있는 가게 만들기가 가능하지 않
을까.

가케쇼보를 할 때와 크게 달라진 점은 스스로 상품을
만드는 환경이 정비되었다는 것이다. 또한 물리적으로 가
게의 유지비가 훨씬 저렴해진 것은 정말 다행이다. 지금
까지 그렇게 비싼 월세를 냈다는 사실이 놀랍고도 감탄스
럽다.

지금 가케쇼보에 대한 감상적인 기분은 전혀 없다. 오
히려 가케쇼보는 호호호좌에 이르는 과정의 하나였던 것
같다. 지금은 아직 그렇게 느낀다.

가케쇼보가 특이한 상품을 파는 책방이라고 생각했던 모양이다. 텔레비전 정보를 중심으로 살아가는 보통 사람들에게는 특이하게 보였을지도 모른다.

일반적으로 알려지지 않은 것에 관련된 상품은 바로 마니아나 서브컬처로 간주된다. 가케쇼보는 11년간 계속 서브컬처 서점으로 불려 왔다. 흔히 말하는 서브컬처 코너는 가게 구석 한 귀퉁이에 불과했지만 말이다.

외관이나 홈페이지도 영향을 끼쳤을 것이다. 안으로 들어와 보지 않은 사람은 겉만 보고 판단했을 테니 어쩔 수 없다.

가케쇼보는 기본적으로 모든 장르의 책을 취급했다. 잘 취급하지 않던 장르는 교과서, 참고서, 야한 책, 영업사원이 읽을 것 같은 비즈니스 서적, 신흥종교의 포교서, 역사소설, 하이틴 문고. 하지만 이들도 관점이나 전개가 재미있으면 취급하곤 했다.

가케쇼보에서 잘 팔린 책은 무엇일까? 가장 기세 좋게 팔린 책은 『내가 카페를 시작한 날』이라는 우리가 만든 책인데, 그것을 제외하면 게이한신엘매거진사가 발행한 500엔짜리 『교토 지도』다. 뜻밖이려나. 책방의 보편적인 이미지와 달라서 아쉬울지도 모르겠다. 하지만 가케쇼보에 오는 손님의 약 80퍼센트가 20-30대 여성이어서 그런 책들이 팔린 것은 당연하다. 그런 의미에서 보면 일반적인 베스트셀러는 팔리지 않았지만, 도움 되는 정보나 귀염성이 있는 책이면 다른 일반 서점과 마찬가지로 많이 팔렸다고 할 수 있겠다. 그런 사람들이 우리 책방의 주춧돌을 지탱해 온 셈이다.

특이한 책 중에 많이 팔린 상품은 북사운즈라는 이름으로 활동하는 여성이 만든 봉투형 소설이었다. 다양한 일을 하는 사람들에게서 온 편지라는 설정으로 봉투 겉면에 '○○에게서 온 편지'라고 적혀 있었는데, 안쪽에는 그 직업인 사람 시점의 장편掌篇소설이 쓰여 있었다. 종류는 다양하지만, I50엔이라는 부담 없는 가격과 사물로서의 재미, 안쪽에 적힌 소설의 우수함이 맞아떨어져 항상 들여놓기 바쁘게 몇 장씩 팔려 나갔다. 전반적으로는 독립출판이건 상업출판이건 관점이 재미있거나 포장이 보기 좋은 책이 잘 팔렸다.

아무리 잘 팔리던 책도 어떤 시기를 지나면 움직임이 둔해진다. 그렇게 되면 주전 자리에서 탈락하여, 책꽂이에서 빠지고 새로운 책이 대신 그 자리를 차지하게 된다. 그것이 반복되는데 시간을 두고 예전에 잘 팔리던 책을 다시 책꽂이에 올려놓으면 또 팔리는 일도 있다. 손님은 존재를 알게 된 때를 그 책의 발매일처럼 느끼는 모양인지 내용이 좋은 책은 책꽂이에 진열하는 타이밍을 늦추면 또 달라진다.

잘 팔리는 책과는 별도로 내가 개인적으로 사고 싶은 책도 들여왔다. 좋아하는 작가는 있지만 수집가 같은 취미는 없으므로 그 작가 작품을 전부 사 모으지는 않는다.

내가 좋아하는 책은 우선 글자가 어느 정도 있는 읽어봄 직한 책. 가치의 전환을 얻을 수 있는 책. 소설 중에는 가혹한 세계를 좋아한다. 낭만적인 책보다는 살아가면서 맛보는 고통이나 우스꽝스러움 등의 드라마가 느껴지는 책. 시각적인 책은 별로 사지 않지만 레이아웃이 재미있거나 자료 가치가 있는 책은 나도 모르게 사 버린다. 헌책도 자주 산다. 지방에 가면 그 거리의 헌책방에는 꼭 들른다. 물량이 많고 가격이 부담 없는 북오프에 들어가면 대체로 네 시간은 보낸다. 거리 헌책방에서도 꼭 몇 권씩은 산다.

우리 책방에서도 헌책은 잘 팔렸다. 가케쇼보 후반기에는 꽤 많은 헌책 진열장이 자리했는데 신간서점으로서의 위치가 한순간 흔들릴 뻔했다. 하지만 상품 구색은 헌책 코너가 더 재미있었다.

책방의 전체적인 판매 구성 비율은 새 책이 40퍼센트, 헌책이 30퍼센트, 잡화가 20퍼센트, 음반이 10퍼센트 정도. 취급하는 양과도 관련이 있지만 초기에는 음반이 30퍼센트 가까이 팔렸었다. 신간도 절반 또는 60퍼센트 정도가 독립출판 책이었다.

그러한 의미에서 보면 가케쇼보는 특이한 책방이었을지도 모르겠다.

가케쇼보 시절 요시모토 다카아키★의 책이 나오면 꼭 사가는 단골이 있었다. 50대쯤 되었다. 머리카락은 흐트러져서 길 대로 기른 상태. 머리 윗부분이 휑해서 언뜻 보면 패잔병 같은 머리 모양이었다. 키는 큰 편으로 다부진 체격이다. 아무런 특징도 없는 안경을 썼다. 한쪽 다리가 불편하여 안 좋은 발은 신발을 반만 신은 채 질질 끄는 것처럼 걸었다.

　한낮에 작은 술병을 든 채 불그스름한 얼굴로 시라카와 거리를 걷는 광경을 자주 보았다. 걷기에 지쳐서 자판기에 기대어 땅바닥에 주저앉아 있을 때도 있었다. 목욕을 잘

★문예평론가. 요시모토 바나나의 부친.

하지 않는지 가게 안에 들어오면 냄새가 났다.

　잘라 낸 신문 귀퉁이에 자신의 이름과 전화번호를 써서 필요한 책을 주문하고 간다. 어떤 때는 매일 같이 왔다. 일이 없어도 어제와 같은 진열이라도 보러 왔다. 그때마다 냄새가 났다. 철학과 그리스도교와 비틀스 책이 매장에 있으면 그것도 사 갔다. 지갑에서는 항상 1만 엔짜리가 나왔다.

　계산대가 있는 책상 아래에 프리페이퍼 설치 코너가 있는데 거기에 발이 걸려 가게 밖까지 넘어진 적이 있다. 책을 산 후 뒤쪽에 줄 서 있던 젊은 여성을 피하려고 하다 발이 걸려 넘어졌다. 한쪽 발로 균형을 잡고 있던 까닭에 멀리 굴러갔다.

　한 번은 거스름돈을 잘못 준 것 아니냐며 돌아온 적이 있다. 정중하게 설명했다. 자신이 잘못 알았다는 걸 안 순간 그 사람은 멋쩍은 미소를 지으며 사과했다.

　『요시모토 다카아키 전집』이 쇼분샤에서, 『요시모토 다카아키 '미수록' 강연집』이 지쿠마쇼보에서 나오기 시작하자 그 사람은 당연히 정기구독을 신청했다. 2권이 준비되면 전화로 알린다. 그러면 항상 곧바로 사러 왔다.

　하지만 호호호좌로 이사하면서 전화해도 오지 않았

다. 호호호좌 근처까지 몇 번이나 가 보았지만 결국 장소를 알 수 없었다며 전화로 푸념했다. 다리 상태도 좋지 않다고 하여 매번 배달해 주기로 했다.

현관문 앞까지 가니 그 시점부터 냄새가 났다. 초인종을 누르고 문을 열자 냄새가 확 끼친다. 항상 1만 엔짜리였다. 거스름돈과 영수증은 빠뜨리지 않았다.

어느 날 책이 들어왔다고 전화를 하자 유선전화일 텐데 "전원이 연결되어 있지 않거나 전파가 좋지 않아 연결되지 않습니다" 하고 휴대전화처럼 안내 멘트가 나왔다. 부재중 전화로는 넘어가지 않으므로 직접 집으로 가기로 했다.

초인종을 누른다. 왠지 헛 누르는 느낌이다. 문을 두드리며 사람을 불렀다. 없나 보다.

같은 일이 다음 달도 그 다음 달도 계속되었다. 『요시모토 다카아키 전집』은 점점 쌓여 간다. 한여름이어서 열사병 등을 걱정했지만, 저번에 닫혀 있던 창이 다음 달에는 조금 열려 있거나 했기에 생활은 하고 있는 것 같았다. 내가 항상 시간을 잘못 맞춰서 찾아갔을 뿐인지도 모른다 싶어서 우편함에 메모를 넣어 두었다. 냄새는 변함없었다.

나는 돌아오는 길에 이분이 지금까지 무엇을 거부하

고 받아들이면서 살아왔을까 생각해 보았다.

　메모를 남겨도 전혀 연락이 없어 그 다음 달도 또 어떤지 보러 가기로 했다. 다세대 주택 주차장에 커다란 트럭이 서 있었다. 거추장스럽다고 생각하며 트럭 옆에 차를 세우고 계단을 올라가니 그 사람 집 현관문이 열려 있었다. 책이 바닥부터 위로 쌓아올려져 있고 이불이 깔린 채 그대로다. 말을 건넸지만 사람은 없는 모양이다. 아무래도 아래에 있던 트럭 기사가 이 집의 짐을 옮기고 있는 모양이었다. 서둘러 그 사람에 대해 물었다. 그러자 트럭 기사는 아무도 없는 한낮의 넓은 주차장에서 목소리를 낮추며 말했다. 그 사람은 죽었다고. 트럭 기사도 자세히는 모르는 모양이고, 어쨌든 방을 정리해 달라고 집주인이 부탁했다고 한다. 그는 이불을 보았냐고 나에게 묻고는 정리가 힘들겠다며 난처한 얼굴을 했다. 그것이 어떤 의미일까, 상상하고 싶지 않다.

　나는 이불을 제대로 보지 못했다. 내가 제대로 본 것은 입구에 굴러다니던 앨범이었다. 『더 비틀스 앤솔로지 Vol.3』였다.

마음 빠려

사실 우리는 지금 '그 거리에 책방이 있는지?'라는 의제의
국민투표를 하고 있다. 책방이 필요하다는 표는 근처 책방
에서 책을 산다는 행위가 한 표가 된다. 자기 동네에 책방
이 한 군데도 없다는 사람은 안타깝지만 그 동네에서는 투
표 결과가 이미 나와 버렸다는 뜻이다. 없어진 책방의 부지
가 남긴 시각적 메시지는 어처구니없이 깊고 크다. 폐점으
로 비로소 자신의 존재 가치를 나타내는 것처럼. 그리고 새
로운 다른 업종의 가게가 완성되면 눈 깜짝할 사이에 그 목
소리는 싹 없어지고 만다.

　나는 가게는 계속했지만 책방은 접었다. 사람들이 보

면 아직도 책방이라고 하겠지만, 책방이라는 형태에 집착하는 것을 그만둔 셈이다. 책을, 그리고 책방을 사랑하니까 책을 읽지 않는 사람들이 더 책을 샀으면 하니까 책방을 그만두었다. 앞으로는 오랜 기간 오해받아 온 독서라는 행위의 허들을 낮추는 형태로 책의 매력과 만남을 제안해 나갈 생각이다

얼마 전까지 서점원들의 토크 이벤트에 나와 달라는 제안이 많았다. 가케쇼보를 시작하고 5년째 정도였다면 의기양양하게 나가 내 생각을 이야기했을지도 모른다. 5년째에 접어들면서 서점원 토크에 별로 흥미를 느끼지 못하게 되었다. 서로의 생각을 듣다 보면 힌트를 얻기도 하니 참가하는 의미는 있다. 그런데 나는 가케쇼보를 운영한 지 5년째에 접어들면서 현장이 그리 즐겁지가 않았다. 그런 내가 사람들 앞에 나가 재미있는 이야기를 할 수 있을까. 서점 토크의 주 내용은 대체로 지금까지 자기 가게에서 실천했던 경험 보고와 서점업계에 대한 불만과 제안을 포함한 희망적 관측으로 끝난다. 이런 논의는 어쩌면 토크쇼의 정석임에 틀림없다. 그래도 나는 그런 일이 과연 사람을 모아 돈을 받고 듣게 할 가치가 있을까? 서점원끼리 술자리에서 이야기하는 거나 마찬가지로 결국 막연한 내용이

아닌가? 그렇게 생각하기 시작했다. 그런 일을 사람들 앞에서 피력할 시간이 있다면 스태프 미팅이라도 하여 자기 가게의 개선의 시간으로 사용하는 편이 훨씬 효율적이지 않을까 싶었다.

동네 서점의 도태는 자연의 섭리에 가까운 현상이다. 정말 안타까운 흐름이긴 하지만 이 업계에 몸담고 있으면 그렇게 생각할 수밖에 없다. 이전에 책방은 적은 돈만 있으면 전문 지식이 없어도 개업할 수 있는 직종으로 인지되었다. 도매상이 그 서점에 어울릴 책을 적당히 골라서 날마다 보내 주었으니까. 책방주인이나 점원이 그 책에 대한 상품 지식이 없어도 진열해 놓으면 어느 정도 팔렸다. 하물며 책은 썩지도 않고 반품도 가능하다. 말하자면 담배가게 같은 시절이 있었다는 것이다. 미디어가 제공한 오락, 정보원으로서 영화, 텔레비전, 라디오, 책이 아직 주류였던 시절. 그때는 아직 책방도 개인 경영이 주류였다. 큰 자본의 대형 서점이 책방의 주류가 된 시점은 버블 조금 이전쯤부터로 그즈음부터 자본력을 내세운 막대한 재고량을 서점의 가치로 내세우는 서점이 늘어 갔다. 그런 흐름으로 이전에 느긋하게 책방을 시작한 사람들이 도태되고 점점 사라져 갔다.

내가 어린 시절 다니던 고마쇼보는 책방에서만 책을 판 게 아니고 주변 책 배달에 꽤 힘을 쏟던 책방이다. 자전거로 배달 가는 아저씨를 자주 볼 수 있었다. 손님들의 요구에 맞추어 외양을 신경 쓰지 않고 온몸으로 대응하며 점주의 기동력으로 버텨 온 가게다. 내가 오랫동안 사지 않고 서서 읽는 것을 눈앞에서 보면서도 안식처로 책방에 모여드는 사람들을 아저씨는 매정하게 대하지 못했는지 모른다. 그래선지 모르겠지만 나는 책방은 승자를 위한 공간이 아닌 패자를 위한 공간이 아닌가 생각한다. 누구나 패자가 되었을 때는 거리의 책방에 가 보면 좋을 것이다.

장래 영정 사진용으로 미시마가 찍어 주었다.
시조키야마치 가모강가에서, 2008년경.

나는 일본에서 한국문학을 번역해서 내는 출판사를 운영하고 있다. 우리가 만든 책들은 일반적으로 유통사인 도한 등을 통하면 해외문학 코너가 있는 규모가 조금 큰 서점에나 놓인다. 한국문학은 우리가 처음에 책을 만들기 시작했을 때 그리 주목을 받지 못했기 때문에 금방 반품으로 돌아오는 일이 많아 가급적 큰 서점보다는 작은 서점, 작더라도 우리 책의 가치를 알아주는 책방 위주로 영업을 많이 다녔다. 그리고 독자들과 직접 만날 수 있는 이벤트를 자주 열었다. 독서회도 열고 저자를 일본에 초청하여 토크 이벤트도 하고, 한일 간의 국가 행사에 문학 이벤트를 끼워 넣는 프로듀서를 자청하기도 했다. 시간은 걸렸지만 우리는 한국 문화와 한국 작가를 알리고자 하였다. 그러고 나서야 우리가 만든 책이 팔리기 시작했다.

전국 서점 유통을 하되 거기에 큰 기대를 하지 않고 직접 독자들과 만나는 자리를 많이 만들었다. 마침 일본에서는 드라마나 영화로 한국을 즐기기 시작한 이들이 많아졌고 한국어를 배우는 사람들도 늘기 시작했다. 이들은 한국의 작가들에게도 관심을 가졌다. 이벤트 때면 김연수를 일본어로 읽고 싶어요, 박민규 작가를 불러 주세요, 하는 통큰 소리를 하는 사람도 있었다. 못 낼 이유가 하나도 없다고 생각한 나는 쿠온의 한국문학 시리즈에 김연수도 박민규도 김영하도 은희경도 넣었다.

이렇게 독자들을 직접 만나게 되면서부터 책을 만드는 일도 책을 파는 일도 정말 즐거워졌다. 머릿속에 만들고 싶은 책이며 진행하고 싶은 이벤트들이 마구마구 펼쳐졌다. 내가 서울에서 대학 다닐 때 테트리스에 빠진 적이 있다. 학교 근처 퍼시픽 호텔 맞은편에 있던 오락실에서 일주일 내내 테트리스만 하였다. 밥 먹고 잠잘 때도 막대들이 계속 내려왔다. 최인훈 교수님의 소설 창작시간에도 노트에 문장이 아닌 ㄱ, ㄴ, ㅁ, ㅣ 를 그리고 있었다. 머릿속이 온통 테트리스뿐이었다. 그 좋은 것을 어떻게 그만두었는지 기억이 나지 않지만, 테트리스 중독 사건 이후로 이렇게 한

가지에 몰입해 본 적이 없었다.

이때부터 나는 독자들을 매일 만나는 책방을 열겠다는 열병에 걸렸다. 한국에서 책을 들여와 팔고 한국에 관한 다양한 이벤트를 여느라고 꿈속에서도 정말 바빴다. 책방 일지가 아닌 책방 구상일지를 근 3년여간 썼다. 그리고 틈나는 대로 책방 순례를 하러 다녔다.

일본의 책방들은 물론 출장길엔 서울의 서점들, 부산의 서점들, 타이베이의 서점까지 찾아 다녔다. 물론 일본의 책방을 돌 때는 우리가 만든 책도 착실하게 팔았다.

서울에서 만난 길담서원의 박성준 책방지기를 잊지 못한다. 그분은 사람이 있는 책방이어야 한다는 말씀을 몇 번이고 하셨다. 길담서원은 독자들이 자주적으로 커뮤니티를 만들어 모인다는 것이었다. 자주적인 것이 생명이라는 말씀이었다. 그분은 당시(2014년 봄) 출판사를 직접 해 보고자 하셨다. 책방을 하는 사람은 출판사를 해 보고 싶어 하고 나처럼 출판사를 하는 사람은 책방을 해 보고 싶어 하는 모양이다. 그나저나 박성준 선생은 지금 출판사를 하시는지 궁금하다.

일본의 서점 중에서 인상 깊었던 곳은 교토의 가케쇼

보다. 가케쇼보는 이미 책 좀 판다는 사람들은 다 아는 유명한 서점이었다. 책방지기인 야마시타 겐지 씨는 책방을 하고자 하는 사람들의 모델이었으며 작가들뿐만 아니라 노래를 만들고 부르는 사람들, 책을 만들고 파는 사람들이라면 거개가 야마시타 씨랑 연결되어 있었다. 왜냐하면 가케쇼보에서는 늘 다양한 이벤트가 열렸기 때문이다.

　　공간이란 책 만드는 사람 입장에서 말하자면 지면인 셈이다. 야마시타 씨는 이 지면에 특집을 꾸미는 편집장이었다. 그의 특집 페이지는 항상 새로웠고 어떤 때는 믿기지 않을 정도로 빅 아티스트가 나타나기도 하였다(본문에 나오는 뮤지션 오자와 겐지의 경우가 그렇다. 알기 쉽게 비유하면 신해철 씨가 시골의 작은 책방 주인과 교류하면서 그 책방에서 라이브를 하는 것이라고 할 수 있겠다).

　　일본에서 책방과 관련된 유명한 사람들을 들라면, B&B의 우치야마 신타로 씨, BAHA의 하바 요시타카 씨, Title의 쓰지야마 요시오 씨, 『시바타 신의 마지막 수업』 등의 저자 이시바시 다케후미 씨, 하루키스트들에게 절대적인 6차원의 나카무라 구니오 씨, 한 권의 책만 진열해 파는 모리오카 서점의 모리오카 요시유키 씨, 세이코샤의 호리베 아쓰시 씨 등이 있는데, 이들은 다들 자신의 경험담을 책으로 쓴 저자이기도 하다. 이들의 경험담은 찬란하다(한국에서도 이들의 책들은 거의 번역 출판이 되었다고 들었다). 자기 책방을 하면서 책과 관련된 다양한 컨설턴트 업무를 겸하고 있어서인지 실패한 이야기는 거의 없다.

그런데 야마시타 겐지 씨는 자신의 실패담, 지질한 이야기들을 솔직하게 털어놓는다. 책에 대한, 책을 파는 일을 철저하게 몸으로 체득한 이야기를 풀어 놓는다. 어떤 의미로는 책방 독학자인 셈이다.

가케쇼보는 2004년 2월 13일 금요일에 개점하여 2015년 2월 13일 금요일에 문을 닫았다. 이 책은 11년간 살아 있었던 서점의 일생을 그리고 있다. 지금 한국에서도 가케쇼보와 같은 유형의 책방이 많이 생겨나고 이런 책방을 열려는 사람들이 많은 것으로 안다. 이런 분들은 책방 운영의 노하우만이 아니라 책방의 시간과 당신이 겪는 고통이 당신만 겪는 것이 아님도 알게 될 것이다. 고통스러울 때 가장 큰 위로는 그 고통을 먼저 겪은 이가 있다는 것을 알았을 때다. 나는 2015년 7월에 '한국의 책을 판매하는 조그마한 카페 책거리'를 열어 매일같이 고군분투 중이다. 야마시타 씨가 이미 경험한 아픔들, 기쁨들을 차례대로 겪고 있다. 사실 이 책을 읽고 위로와 격려를 가장 많이 받았다. 내가 받은 위로를 한국의 지치고 흔들리면서도 책을 놓지 않는 책방지기들에게도 꼭 전해 주고 싶었다. 그래서 번역도 한 셈이다. 한국의 많은 책방지기들에게 분명 힘이 될 것이라는 믿음이 있다.

이 책 말미에도 썼듯이 야마시타 씨는 가케쇼보를 접고 친구들과 함께 '책과 잡화와 음악이 있는 호호호좌'라는 공간을 열어 현재 성업 중이다. 그는 호호호좌를 열면서 '책만 파는, 책에만 기대지 않는 가게'를 하겠다고 말했다. 무슨 말인가 하면 책만 팔아서 먹고살기는 현실적으로 어렵다는 것을 알기에 책과 함께 자유롭게 다양한 것을 파는 공간을 운영한다는 뜻이다.

마지막으로 그가 어떤 인터뷰에서 한 멋진 말이 있어 한국의 많은 야마시타 씨들에게 전하고 싶다.

"호호호좌에는 책뿐만 아니라 우리가 고른 센스 있는 다양한 상품들이 놓여 있습니다. 물건을 사는 행위는 그 물건을 어디서 샀는지, 그 장소에 다녀갔다는 추억을 함께 사는 것이라고 생각합니다. 저는 그런 추억으로 남는 공간을

운영하고자 합니다. 세상에 이런 공간들이 많이 생겨나기
를 바랍니다."

서점의 일생
: 책 파는 일의 기쁨과 슬픔, 즐거움과 괴로움에 관하여

2019년 2월 14일 초판 1쇄 발행

지은이	**옮긴이**
야마시타 겐지	김승복

펴낸이	**펴낸곳**	**등록**
조성웅	도서출판 유유	제406-2010-000032호(2010년 4월 2일)

주소
경기도 파주시 책향기로 337, 301-704 (우편번호 10884)

전화	**팩스**	**홈페이지**	**전자우편**
070-8701-4800	0303-3444-4645	uupress.co.kr	uupress@gmail.com

	페이스북	**트위터**	**인스타그램**
	www.facebook.com/uupress	www.twitter.com/uu_press	www.instagram.com/uupress

편집	**디자인**	**영업**
추지나, 조편	이기준	허신애

제작	**인쇄**	**제책**	**물류**
제이오	(주)민언프린텍	(주)정문바인텍	책과일터

ISBN 979-11-89683-04-7 03830

이 도서의 국립중앙도서관 출판예정도서목록(CIP)은 서지정보유통지원시스템
홈페이지(seoji.nl.go.kr)와 국가자료공동목록시스템(www.nl.go.kr/kolisnet)에서
이용하실 수 있습니다.(CIP제어번호: CIP2019004125)

유유 출간 도서

일본 1인 출판사가 일하는 방식
다양하고 지속 가능한 출판을 위하여
니시야마 마사코 지음, 김연한 옮김

일본에서 나 홀로 출판사를 차린
대표 10명의 이야기를 편집자
출신의 저자가 취재하여 쓴 책.
어떻게 출판사를 차리게 되었는지,
1인 출판사를 운영하면서 느낀 점,
자기 출판사의 방향과 철학 등이
인터뷰를 통해 담담하게 적혀 있다.
기술 발전과 시대 변화로 1인 기업이
가능해진 시대, 출판사로 1인 기업을
자신만의 방식으로 꾸려 가는
사람들의 솔직담백한 고백이 담겼다.

읽는 삶, 만드는 삶
책은 나를, 나는 책을
이현주 지음

책을 읽고, 책으로 삶과 세상을
읽고 그리고 책을 만드는 사람의
책과 삶 이야기. 저자는 외로운
어린 시절부터 줄곧 친구처럼 곁에
있던 책과 독서 인생을 회상하며
자신의 인생을 함께 읽는다. 인생의
걸음마다 책은 저자가 스스로
생각하며 앞으로 나아가도록, 잠시
숨을 돌리도록 용기를 북돋고 조언을
하며 삶의 징검다리가 되어 주었다.
책에 대한 그런 사랑의 마음을 담아,
낙관적이면서도 따뜻한 눈을 지닌
저자는 자신의 인생에서 가장 소중한
친구인 책과 사람, 그들과 엮은
이야기를 차곡차곡 모아 이 책에
담았다.

책의 책

고양이의 서재
어느 중국 책벌레의 읽는 삶, 쓰는 삶, 만드는 삶
장샤오위안 지음, 이경민 옮김

중국 고전과 인문서를 꾸준히 읽어
착실한 인문 소양을 갖춘 중국의
과학사학자이자 천문학자의 독서
편력기. 학문, 독서, 번역, 편집, 서재,
서평 등을 아우르는 책 생태계에서
살아온 그의 삶에는 책을 좋아하는
사람의 모든 것이 담겨 있다. 과학과
인문학을 오가는 그의 문제의식과
중국 현대사 속에서 살아가는 개인의
관점 역시 놓칠 수 없는 대목이다.

책벌레의 공부

책에 살고 책에 죽다

이인호 지음

중국 역대 책벌레의 천태만상을 모은
종합선물세트. 평생 중국 콘텐츠를
연구해 온 학자이자 스스로 책벌레인
저자가 중국 고금의 책벌레가 얼마나
열심히 책을 읽고 공부했는지, 책에
대한 그들의 애증이 얼마나 깊은지
다양한 자료를 모아 망라했다.
이 책에는 책이라는 사물의 안팎에
매료된 인간이 얼마나 다양한 모습을
보여 줄 수 있는지 풍성하게 담겨
있다. 더불어, 여러 모습을 지닌
책벌레의 일화를 재미있게 읽노라면
문득 책과 공부와 인생에 대해 다시
한 번 되돌아보게 만든다.

오토바이로, 일본 책방

어느 헌책방 라이더의 고난극복
서점순례 버라이어티

조경국 지음

일본의 헌책방을 다룬 한 장의
신문기사에 무작정 집을 나선
한 헌책방지기의 천신만고 가득한
여행기. 중고 오토바이를 마련해,
이왕 가는 것 일본 곳곳의 헌책방을
가 보자는 포부를 담아 알뜰살뜰
일본 전역을 누빈다. 낙천적인
예상과 달리 영업 시간이 맞지 않아
방문하지 못한 책방, 점차 활기를
잃어 가는 책방 거리, 무엇보다
쏟아지는 비를 이고 다니는 고난의
역정이 글쓴이를 괴롭힌다.
그럼에도 책을 사랑하는 마음,
책방과 책방지기라는 자리에 대한
애정, 사람을 보는 따뜻한 시선으로
주변을 관찰하고 자신을 응시하는
저자의 글은 책을 만드는 것도 파는
것도 읽는 것도 사람임을 다시 한 번
깨닫게 해 준다. 저자가 직접 찍은
사진과 사이사이에 든 관련 일화도
또 다른 재미를 더한다.

책 정리하는 법

넘치는 책들로 골머리 앓는 당신을 위하여

조경국 지음

새 책, 헌책 가리지 않고 그러모으는
헌책방 책방지기인 저자가 오랫동안
책과 고군분투하면서 터득한
책 정리법을 소개한다.
책을 정리하는 데에 정해진 법칙은
없다. 하지만 자신만의 기준이
있다면 좀 더 품격 있는 나만의
서재를 만들 수 있는 법. 저자는 직접
시도해 본 서가 만드는 법, 책 정리법,
아끼는 책이 상하지 않도록 보관하는
법, 책을 손쉽게 옮기는 법, 망가진
책을 고치는 법 등을 알려 준다.
여기에 저자가 보고 듣고 읽은 서재에
관한 일화가 또 다른 재미를 더한다.

시애틀의 잠 못 이루는 서점
'아마존'의 도시에서 동네 서점이 사는 법
이현주 지음

세계 최대 온라인 서점
'아마존닷컴'이 자리한 미국 시애틀의
동네 서점을 탐방하고 기록한 책.
전직 편집자이자 『읽는 삶, 만드는
삶』의 저자인 이현주는 동네 서점의
존재 의미가 무엇인지, 첨단 기술의
시대에 작은 동네 서점이 어떻게
살아가야 하는지 고민하고 탐색한다.
꼼꼼한 인터뷰와 사람을 보는 따뜻한
시선, 마르지 않는 호기심과 애정으로
책과 서점 그리고 출판을 바라보는
저자의 깊은 사고가 돋보이는 책으로,
책을 둘러싼 이 모든 문화를 다시
한 번 생각하게 해 준다.

사적인 서점이지만 공공연하게
한 사람만을 위한 서점
정지혜 지음

홍대에서 신촌으로 넘어가는
길목에는 독특한 콘셉트의 책방이
하나 있다. 한 사람의 이야기를
귀 기울여 듣고 그 사람에게 꼭 맞는
책을 처방하는 약국 같은 서점이자
상담소 같은 서점인 '사적인서점'.
이곳을 운영하는 정지혜 대표는
책을 좋아해서 책 곁을 맴돌며
책과 관련된 다양한 일을 만들고
또 찾아다니는 사람이다. 『사적인
서점이지만 공공연하게』는 정지혜
대표가 출판사 편집자를 거쳐
서점원이 되고, 서점원에서 특별한
콘셉트의 책방 주인이 되기까지
겪은 온갖 시행착오와 서점을
운영하며 고군분투한 이야기가
담겨 있다. 책과 함께한 여정뿐
아니라 삶에 가능성을 안겨 주는
씨앗인 '책' 읽기의 즐거움을 더
많은 사람에게 전하고 싶어 하는
한 사람의 진심 어린 마음이 담긴
책이기도 하다.